मुझे बाहर निकालो

मुझे बाहर निकालो

गोविन्द मिश्र

राधाकृष्ण
नयी दिल्ली पटना इलाहाबाद कोलकाता

ISBN : 978-81-7119-880-1

मुझे बाहर निकालो (कहानी संग्रह)

पहला संस्करण : 2004
पहली आवृत्ति : 2013

मूल्य : ₹ 250

प्रकाशक
राधाकृष्ण प्रकाशन प्राइवेट लिमिटेड
7/31, अंसारी मार्ग, दरियागंज, नई दिल्ली-110 002
शाखाएँ : अशोक राजपथ, साइंस कॉलेज के सामने, पटना-800 006
पहली मंजिल, दरबारी बिल्डिंग, महात्मा गांधी मार्ग, इलाहाबाद-211 001
36 ए, शेक्सपियर सरणी, कोलकाता-700 017
वेबसाइट : www.radhakrishnaprakashan.com
ई-मेल : info@radhakrishnaprakashan.com

आवरण : राधाकृष्ण स्टूडियो

मुद्रक
बी.के. ऑफसेट
नवीन शाहदरा, दिल्ली-110 032

MUJHE BAHAR NIKALO
Stories by Govind Mishra

मुझे बाहर निकालो

अनुक्रम

मुक्ति 9

अंश 18

छड़ें 24

लहर 32

साधें 41

शिकार 49

अक्षम 57

मुझे बाहर निकालो 65

कथात्रयी

लावारिस-1 74

लिथुड़ा अतीत-2 83

नया घर-3 90

मुक्ति

बाहर वे फिर थे...इनके कमरे के बाहर, जाली के किवाड़ के पार आँगन में। झुकी कमर, वाकर पर ठक-ठक करके चलते...चार कदम इधर, चार कदम उधर। गन्दा टोपा, गन्दा स्वेटर, उठंग पायजामा। वे पायजामे का नाड़ा नहीं बाँधते, उसे कमर में पड़ी रस्सी में ढीला-ढाला खोंस लेते हैं...रस्सी जो जानवरों की गर्दन पर पड़ी होती है। रस्सी के नीचे पायजामा को जब जिधर जितना ऊपर चाहे खींच लिया, पायजामा कहीं ऊँचा तो कहीं नीचा लटका होता है। बहुत दिनों से धुला न होने की वजह से उसमें जहाँ-तहाँ तिलहे धब्बे उछले हुए हैं। कमीज स्वेटर में दबी है, पर चिकटी कालर अलग दिखती है। कोई समझाए कि बब्बा अवस्था पर तो बस नहीं पर कपड़े तो साफ पहन सकते हो तो बिगड़ पड़ेंगे—"तैं ससुर मोहे समझानेवाला होता कौन है। तैं खूब पहन साफ कपड़े, मैं तो नहीं रोकत तोहै..." एक ही कपड़े छह-छह दिन पहनते हैं। धोने के लिए माँगो तो लड़ जाएँगे—"नहीं धुबाने, ये ही पहनहौं..." फटे-पुराने गन्दे कपड़े। उनको अचरज होता है कि लोगों को एक मोटी-सी बात क्यों समझ में नहीं आती—अगर इन्हीं कपड़ों में आराम मिलता है उन्हें तो किसी को क्या मतलब। जूते भी कपड़े के वही फटैले, कई छेदोंवाले जिनमें पैर डाल चप्पलें-सी बनाकर वे खचोरते चलते हैं...इतने गन्दे कि सफेद जूते काले निकल आए हैं। पिछली बार इनका पोता नए कपड़ेवाले जूते खरीदकर रख गया था...वे सीधे उनके हरे बक्से में चले गए, निकले ही नहीं।

रुक-रुककर लार स्वेटर पर गिरती है...इनकी तबीयत घिना आती है। कमरे से ही चिल्लाती हैं, "उधर काहे नहीं घूमत, घर के सामनेवाले हिस्से में..."

"काहे गँधात हौं का ?"

'यहाँ जगह सँकरी है, गिर पड़े तो आफत होगी।"

"नहीं गिरत तो आ ढकेल दे...तैं तो यही चाहत है न कि मर जाए सार जल्दी। कभै राँड़ होंव और कभै ठिंगड़ा छूटै...का करौं मौतई तो नहीं आउत ससुरी...बिनती करत हार गओ कि महारानी आ जा जल्दी, मोहै छुट्टी दे, कि ईखा छुट्टी मिले..."

बड़बड़ाते चले जाते हैं...वही जो वे हमेशा बोलते रहते हैं।

कौन बूढ़ा इतना परेशान करता होगा। सबेरे चाय पूरा लोटा भर चाहिए, खूब शक्करवाली। तादात में या मिठास में थोड़ा कम हो गई तो दे गालियाँ। चाय के साथ आधा कटोरी भुँजा आटा। अब कभी-कभी भूल जाते हैं कि थोड़ी देर पहले ही आटा

खाया था, न दो तो रोने लगेंगे "कैसों भूखों मारत हैं सब मिलके, हे दीनानाथ !" उन्हें क्या, पेट खराब हुआ तो बिस्तर पर टट्टी कर देंगे, सफाई तो इन्हें ही करानी होगी। एक इस चीज से बहुत घबराती हैं ये—टट्टी-पेशाब न कराए यह आदमी...और चाहे जो कुछ करा ले। नाश्ते के बाद दोपहर को पूरा खाना खाएँगे—रोटी, दाल, सब्जी के अलावा दलिया-दूध भी। सब्जी पककर लप्सी हो जाना चाहिए, थोड़ा कड़ी रह गई तो शामत—"अरे राम कैसी तकलीफ देत हैं...मारे का फिरत हैं...और यह ससुरी, या तो पहले चाहत है कि मर जाय..."

क्या ये सचमुच ऐसा चाहती हैं ? जैसे ये कहते हैं वैसे तो कतई नहीं...हाँ, यह जरूर चाहती हैं कि यह जो दिनचर्या है, सिर्फ एक आदमी से बँधी हुई...यह खत्म हो। क्या निकलनेवाला है इस दिनचर्या से या कि उस बन्धन से जिससे यह दिनचर्या है। उनका भी कुछ बेहतर तो होनेवाला है नहीं...नब्बे के ऊपर पहुँचकर वे घिसट रहे हैं...और घिसटेंगे, पता नहीं कब तक। नीचे से खिसकते जा रहे हैं इनके अपने वर्ष भी...जो उनसे पन्द्रह साल छोटी हैं, जिनके जीवन में अभी भी बहुत कुछ की गुंजाइश है...और नहीं तो जो तीरथ बचे उन्हें ही देख आ सकती हैं। भीतर टटोलती हैं तो यह भी नहीं लगता कि ये इस आदमी को कभी चाहती थीं। क्या किया उसने इनके लिए। अपने काम कराना और गालियाँ देना। पत्नी का काम है पति की सेवा और पति का अधिकार है वह—उस पीढ़ी और शिक्षा के हैं। उसी अधिकार से वह करा रहा है और ये किए चली जा रही हैं। आदत...सारा जीवन करती रहीं तो आज भी किए जा रही हैं। उनका सारा काम करती हैं—सबेरे चाय से लगाकर, दलिया पकाने से, रात दवा खिलाकर सुलाने तक। पिछले तीन-चार वर्षों से ज्यों-ज्यों उनका शरीर शिथिल पड़ता जा रहा है, इनके काम बढ़ते जा रहे हैं। उन्हीं से बिंधी रहती हैं दिन भर। जरा किसी चीज में देर हो गई तो गुहारी मारेंगे, "ओ री...अरे मरत हौं। औ या सासगधन की देखो तौ भीतर कैसी पंचायत कर रही है..." उन्हें रत्ती भर खयाल नहीं कि अब आखिर इनकी भी उम्र हो गई, लड़कों-बच्चों की तरह तो आनन-फानन इधर से उधर पहुँच नहीं सकतीं, खीझकर ये भी चिल्ला पड़ती हैं—

"अरे तोखा नहीं मरने। आसानी से मरबेवाली चीज नहीं आय तैं...तैं मोहे चाट के जैहै, जैसे सारी जिन्दगी चाटो है..."

और कभी-कभी उन्हें वाकई लगता है कि शायद यह सच ही निकले ! इस आदमी को तो कुछ करना-धरना है नहीं, बस खाना है और गालियाँ बकना है। ये खटती हैं, खीझती हैं। वह इनकी तकलीफ जरा भी महसूस नहीं करता, कभी किया जो आज करेगा। यह घिस रही हैं, उनकी सेवा करते हुए घिसी जा रही हैं, तेजी से...क्या पता ये ही पहले चली जाएँ...

उस जमाने में जब औरतें घर के बाहर कदम नहीं रखती थीं, जब औरतों का नौकरी पर जाना माने पतुरिया होना था...तब नौकरी की इन्होंने, पति के आगे-आगे। वे प्राइमरी स्कूल में अध्यापक तो ये जूनियर में अध्यापिका। बच्चों को बड़ा किया, पढ़ाया-लिखाया,

रास्ते पर लगाया। अब इस सबके लिए लोगों के पास उठना-बैठना था, सबसे हँसना-बोलना...तो पग-पग पर पति हीनता महसूस करे, शक करे, इस या उस आदमी को लेकर खूब जली-कटी सुनाए..'वो खटिकवा है न तोरो खसम, जा ओके आगे रो...' ये जानती थीं कि अपने काम कराने के लिए इन्हें दस लोगों की मदद लेनी होगी तो अपने रास्ते चलती गईं...पति कुढ़ते रहते, गाँठें और गँसती चली जातीं। जीवन एक सूखा-साखा ढर्रा निकल आया था—बाहर नौकरी, ट्यूशन, घर का यह काम, वह काम...काम ही काम और घर पहुँचते ही मुर्दनी छा जाना है। कोई बड़ा काम होना है—लड़के को यूनिवर्सिटी भेजना है या बेटी की सगाई करना है तो हजार बाधाओं में सबसे बड़ी बाधा इनका अपना ही आदमी, सबसे पहले उस बाधा को पार करना है। जीवन में ये जो कुछ कर सकीं तो इस आदमी के बावजूद...जितनी हीनता, लांछन झेले, सब उसके कारण। एक से एक फूहड़ औरतों को अपने अफसर पतियों के साथ गुलछर्रे उड़ाते देखकर ये रह जातीं। उन औरतों से हर चीज में बेहतर ये—ज्यादा अच्छा रूप-रंग, ज्यादा अच्छी पढ़ाई-लिखाई, घरा के काम-काज में ज्यादा चटक। वे औरतें बैठे-बैठे पलंग तोड़ती रहती हैं और ये स्कूल के बाद ऐसी ही औरतों के घर ट्यूशन पढ़ाने जाती हैं, दिनभर चप्पलें चटकाती घूमती हैं।

उनकी मेहनत का फल ये तो निकला कि लड़के-बच्चे समय से अपनी-अपनी जगह लग गए, ठीक से लग गए, इन दोनों के रिटायर होने के पहले-पहले, लेकिन क्या हुआ—सारी जिन्दगी कोल्हू के बैल की तरह चलीं और आज भी चली जा रही हैं। सोचा था, एक वक्त ऐसा जरूर आएगा जब जिम्मेदारियाँ खत्म होंगी, जंजाल से मुक्त होकर वे हल्के-फुल्के जी सकेंगी, अपने ढंग से...जो चाहें करेंगी लेकिन अब और कुछ नहीं तो उनके बुढ़ापे को सँवार रही हैं। यह कौन-सा सम्बन्ध हुआ...कैसा ऋणात्मक कि सारी जिन्दगी ऋण को उतारो, जितना उतारो उतना ही सूद बढ़ता चला जाए। ये कहीं आती-जाती नहीं, कहीं जाती हैं तो जी घर में धरा रहता है—बुड्ढा कहीं गिर तो नहीं पड़ा, उठते ही न बन रहा हो, चश्मा कहीं रख दिया और अन्धा होकर ढूँढ़ता फिर रहा हो, उठते-बैठते सिर न किसी दीवार से टकरा गया हो...जल्दी लौट आती हैं। घर पहुँचते ही उनकी फड़फड़ गालियाँ—"खूब घूम खसमन के साथ। अरे कहीं से लाके जहर दे दे। एक बार में ही छुट्टी मिल जाए...फिर खूब घूम चटक-मटक कै। का करै बेचारी, इन्तजार में बैठी है कि कब मरै यौ और कब छुट्टी मिलै..."

छुट्टी...हाँ छुट्टी चाहती हैं ये। जब से होश सँभाला, जिन्दगी एक ही शक्ल के इर्द-गिर्द रही आई...इसके अलावा कुछ है, वह न देखा, न जाना। इस बन्धन से थक आई हैं अब। वे बेशक बने रहें, लेकिन मुश्किल यही है कि वे जब तक हैं, तब तक क्या इन्हें छुट्टी मिल सकती है...कैसे ?

फिर सोचती हैं कि सारी जिन्दगी निभाई तो थोड़ा और कर दें, आखिरी समय है, कितने दिनों और पति को पृथ्वी पर रहना है। उनकी नैया पार लगा दें। उसके बाद समय ही समय है—चाहे जहाँ आएँ-जाएँ, चाहे जहाँ घूमें-फिरें, चाहे जिसके साथ उठें-बैठें।

अभी कहीं जाने-आने पर जो दंश मन में बैठा रहता है, वह तो नहीं रहेगा।

वे अक्सर इन्हें 'अभागचन्दिन' कहकर बुलाते हैं। कभी-कभी इस सम्बोधन पर ये बिफर पड़ती हैं, ''अभागचन्दिन तो हूँ ही। न होती तो तुम्हारे जैसे आदमी के गले पड़ती। मैं अभागिन हूँ कि तुम मिले और तुम भाग्यवान हो कि मैं मिली...।''

और फिर बीते जीवन की बातें शुरू हो जाती हैं...किसने किसका जीवन बरबाद किया, गड़े मुर्दे उखाड़े जाते हैं, इतिहास खोला जाता है...इतिहास जो बेमानी हो चुका है यहाँ पहुँचकर। कैसे अच्छे बाल थे इनके—घने, काले, लम्बे बाल, रोज-रोज की झार में एक-एक करके झरते चले गए, ये गंजी निकल आई हैं। बुड्ढा इसका भी मजाक उड़ाया करता है, कहता है—एक मुड़ी छेरी लिड़ैयन ने घेरी''

कभी की सुन्दर कर्मठ स्त्री मुड़ी छेरी निकल आई !

उनके झगड़े पति-पत्नी की आम नोंक-झोंक नहीं हैं, महाभारत के द्वन्द्व युद्ध हैं जो अलग-अलग दिनों के पृथक-पृथक प्रहारों में...लेकिन रोज लड़े जाते हैं, जहाँ दिनोंदिन योद्धा एक ही हैं। दोनों घायल होते हैं, घायल हो अपने-अपने शिविरों में लौट जाते हैं, दूसरे दिन युद्ध में फिर आ भिड़ने के लिए। मरता कोई नहीं। साठ सालों से यह युद्ध चला आ रहा है, दोनों कराहते हैं—कब मिलेगी मुक्ति प्रभु ? वे अपने शरीर से मुक्ति चाहते हैं, ये इस घुटी-घुटी जिन्दगी से। कब वे बाहर निकल खुली हवा में साँस ले सकेंगी, कब स्वतन्त्र होंगी, कब सिर्फ अपने लिए जी सकेंगी...वह जो ये जीवन भर नहीं कर सकीं।

ये एकाएक बहुत चुप हो गई हैं।

एक रोज रात के खाने के बाद जमीन पर बैठे-बैठे वे एक तरफ लुढ़क गए। बड़ा लड़का और ये उन्हें ठीक से बिठाने की कोशिश हर तरह से करें पर छोड़ते ही वे इस या उस तरफ लुढ़क-लुढ़क जाएँ। बैठते ही न बने। किसी तरह चारपाई पर लिटाया। अपनी तरफ से वे इधर-उधर करवट लेने की खूब कोशिश कर रहे थे, जैसे कोई नस चढ़ गई हो और उसे ठीक करने में लगे हों, अपने आपसे झगड़ते भी जा रहे थे—''जौ क़ा हो गए ससुर...ई तरफ काये नहीं होत बनत...एकी ऐसी तैसी करें।'' थोड़ी देर की उन कोशिशों के बाद अपने बाएँ पैर की तरफ इशारा करके पूछने लगे—''जो काय, जा लकड़ी काये खाँ धर दई खटिया पै...''

उन्हें लकवा लग गया था। हस्पताल में भर्ती कराया गया। बाएँ अंग के साथ-साथ उनकी बोलती भी जाती रही। वे बेहोश हो गए, फिर बेहोश ही बने रहे। उनके लिए पतली दाल और गीला भात बनाबर भेजा इन्होंने...दूसरे दिन सिर्फ दाल का पानी जो नली के रास्ते पेट में सीधे उतारा जाता। तीसरे दिन वह भी मना हो गया...तो इनका मन गिर गया। खाना जिसका वह आदमी इतना ध्यान रखता था, खाने को लेकर कितना झगड़ता था। कैसे रह रहा है वह खाने के बगैर। ये देखने हस्पताल गईं। वहाँ वे पड़े थे बेहोश—मुँह में नली, नाक के दोनों छेदों में नली, पेशाब के लिए नली, हाथ में गुलूकोस

के लिए लगी नली...हर जगह नली, नली ही नली...बँधे पड़े थे। वह आदमी जो कैसा बमकता था, बमकने में कैसा रुद्र रूप होता था उसका, वह लाचार पड़ा था। साँसें तेज-तेज चल रही थीं, जैसे उन्हें भी अपनी यह दशा रास नहीं आ रही थी और तेज साँसों के रास्ते वे दौड़े चले जा रहे थे, अज्ञात दिशा की ओर...

जितनी साँसों को लेकर आए थे उन्हें खर्च कर चले गए थे। जो हमेशा गालियों और क्रोध से खिंचा रहता था वह चेहरा एकाएक शान्त निकल आया था—एकदम निर्द्वन्द्व, हल्के से मुस्कुराता हुआ...जैसे कह रहा हो, 'ले तैं हार गई, मैं चला जीतकर।' ये देखती रह गईं—जीवित में तो कभी इतना सुन्दर नहीं दिखा वह शख्स...मृत्यु क्या अपनी तरह का एक सौन्दर्य भी लाती है ? आदमी संसार में कैसा रोता-बिलखता आता है, जाता है तो कितना शान्त, कितना भव्य।

जैसे एकाएक लम्बी अँधेरी गुफा से निकल ये बाहर खड़ी थीं। पति का ढपना जो सब कुछ तोपे हुए था उस क्षण अलग हो गया जब इन्होंने हाथ की चूड़ियाँ और पैरों के बिछिया उनके शरीर के साथ रखकर उन्हें अन्तिम विदा दी। गर्दन में जो ठिंगरा पड़ा रहता था, वह निकाल दिया गया था—लो अब तुम स्वतन्त्र हो, चाहे जहाँ आओ-जाओ, चाहे जिसके साथ उठो-बैठो, चाहे जितनी देर घर से बाहर रहो, चाहो तो इस घर में आओ ही नहीं, यहाँ नहीं कहीं और रहो। निर्बन्ध होना, स्वतन्त्रता...जो रोते-बिलखते हर रोज ये माँगा करती थीं, वह अब सामने खड़ी थी—आओ मुझे भोगो, जो करना चाहती हो करो।

और ये चुप हो गई हैं। एकाएक लोग मिलने आते हैं, इनके पास बैठते हैं तो ये उनकी तरफ नजर किए बैठी रहती हैं। कोई इनसे कुछ पूछता है तो भी ये चुप...समझ में नहीं आता क्या कहें। कभी कहने को कुछ उठता है, भीतर होंठों तक आता है...लेकिन उसे शब्द नहीं मिलते, कोई जुमला, जुमले का कोई टुकड़ा नहीं बन पाता...होंठों पर फड़फड़ाया हुआ सब कुछ फिस्स। कभी-कभी अचकचाकर ये उठ जाती हैं और अलमारी की चीजें इधर-उधर करने लगती हैं, यों ही। लाख परे करें, एक तस्वीर बार-बार सामने आ जाती है—खाली मैदान जिसमें ये अकेली खड़ी हैं। वे थे तो मृत्यु से जैसे आड़ थी, अब ये सामने हैं। वे मृत्यु का इन्तजार बड़-बड़ के करते थे, ये कैसे करेंगी, चुप रहकर...गुप्पा ?

इन्होंने अपनी गृहस्थी शून्य से शुरू करके बनाई थी। लड़के-बच्चे आए, उन्हें पढ़ाया-लिखाया, घर लिया, बड़ी-छोटी चीजें इकट्ठा कीं। कब उस गृहस्थी ने धीरे-धीरे सरकना भी शुरू कर दिया...इन्हें पता ही न लगा। पहले लड़के-बच्चे एक-एक करके चले गए, चिड़िया के बच्चों की तरह...जैसे बड़े होने, पढ़ाई पूरे होने तक का वास्ता था जो उनसे था। सब तड़ाक-फड़ाक अपनी-अपनी दुनिया में मस्त हो गए, उनके अपने लड़के-बच्चे हो गए। किसे फुर्सत दो बूढ़ों का सोचने की। जब एक बार बाहर घूमते हुए चक्कर खाकर गिरने के बाद पति घर में सिमट आए और इनके अपने हाथ-पैर इतना काँपने लगे कि छोटी-छोटी चीजें भी उठाते न बने तो समझ गईं कि अब कोई चारा

नहीं है, दोनों असहाय हो गए हैं, किसी न किसी का सहारा लेना ही पड़ेगा। बड़े को लिखा...और किसी से उम्मीद भी नहीं थी। फिर उसके साथ जैसी राय बनी—अपना घर बेचकर दोनों बड़े लड़के के पास आ गए। सामान छाँटने, बाँधने का जो सिलसिला शुरू हुआ उसी के बीच कहीं घर हाथ से सरक गया..घर जो उनकी गृहस्थी का एक बड़ा स्तम्भ था। उनके साथ यहाँ आए पति की मूँज की चारपाई, इनका निवाड़ का पलंग, उनका ऊँचा-ऊँचा हरा बक्सा, इनका चपटा-चपटा लाल बक्सा, एक लकड़ी के बक्से में भरे बर्तन, एक बिस्तरबन्द में बँधे गद्दे-रजाइयाँ और दो अटैचियों में दोनों के कपड़े-लत्ते। जीवन भर की गृहस्थी घर भर में फैली रहती थी तो कितनी बड़ी दिखती थी...वह चन्द बक्सों, अटैचियों में सिमट आई ? यह दिखाई तो देता था फिर भी बहुत आँसता नहीं था क्योंकि वे थे...ये उनमें उलझी रहती थीं। गृहस्थी आखिर उन दोनों से थी, उनके झगड़ों से थी...तो वह यहाँ भी थी, जैसे कि वहाँ थी।

अब वे नहीं हैं तो जैसे एक-एक सपाट मैदान निकल आया है, वहाँ जहाँ कभी बस्ती थी।

आजीवन जिससे मुक्ति तलाशती रहीं, उससे मुक्ति मिली तो जैसे इनमें ही कुछ नहीं बचा, न ही सामने कुछ दिखता है...सिर्फ सपाट मैदान, धूल भरा। किसके पास जाएँ, कहाँ रहें। अपने ही लड़के-बच्चे अपरिचित से हैं...कितने साल पहले घर छोड़कर चले जो गए थे। लड़कों के बच्चे...तो साथ कभी रहना हुआ ही नहीं कि उनसे कोई रिश्ता बनता। बड़े के यहाँ भी वे दोनों तब पहुँचे जब उनके अपने बच्चे जा चुके थे...किससे जुड़े ? मन कैसा अजीब कि जुड़ाव से मुक्ति चाहती थीं और अब उसी को ढूँढ़ रही हैं, बन्धन से छुट्टी चाहती थीं, और छुट्टी मिलते ही फिर बन्धन की प्यास। जिसे सोचती थीं कि वह इनके अपने जीवन का सबसे बड़ा अटकाव है, सबसे बड़ी बाधा, जिसके कारण ही उनका अपना जीवन कुछ नहीं...वही जैसे जीवन भरे हुए था। वह गया तो इनका जीवन भी शून्य हो गया। जब वह था तो हर पल लगता था कि उस व्यक्ति से सम्बन्ध न कभी बना है, न...वह नहीं रहा तो लगता है जैसे एक उसी के साथ सम्बन्ध था—साठ साल साथ रहने का सम्बन्ध...वे लाख नकारती रही हों। पहले एक लक्ष्य था कि उनको पार लगाना है। दिनचर्या भी उन्हीं से बँधी हुई थी। काम का सोचना नहीं पड़ता था, एक के बाद एक सामने आते चले जाते थे—अभी चाय बनाकर भेजना है, अब आटा भूँजना है, अब नहाने के लिए पानी गरम करना है, अब नहाने के लिए कपड़े उतरवाने की हुज्जत करना है...अब खाना पहुँचाना है, फिर शाम के खाने की सोचना है...अब करने को कुछ नहीं। जीवित रहने का मकसद...? स्वतन्त्र होकर क्या करना चाहती थीं—कुछ तो नहीं दिखता। सिर्फ फटी-फटी आँखों से देखती रहती हैं...जो भी इर्द-गिर्द हो रहा था।

देखा कि पति के जाते ही सब उनके सामान पर टूट पड़े हैं। दाह के दूसरे दिन ही बड़ा लड़का उनके फटे-पुराने कपड़े जिन्हें वे सिरहाने रखते थे, भिखारियों में बाँट आया, बड़ी लड़की उनका हरा बक्सा खोलकर बैठ गई...हरे बक्से में उनके नए साबुत

कपड़ों (खुद तो फटे-पुराने पहनते थे) के बीच इधर-उधर दीगर सामान भरा था, जिसकी हिस्सा-बाँटी चलने लगी—यह पूजा की तश्तरी फलाँ ले ले, यह शंख वहाँ पहुँचा दिया जाए, कम्बल वह स्वयं ले जाएगी। छोटी बहू जो उन दोनों को एक दिन के लिए अपने घर रखने को राजी नहीं थी, वह यादगारस्वरूप उनकी पूजा की थैलियाँ रखने की सोच रही थी...ऐसा प्रेम उमड़ आया था। छोटी लड़की मच्छरदानी ले जाना चाहती थी, छोटा लड़का नए जूते लेना चाहता था—पिता के जूते पहन उनके संस्कार, विरासत याद किया करेगा कभी-कभी। जितने पुराने टूटे-टाटे ट्रांजिस्टर और घड़ियाँ थे...बड़ा उन्हें बेचने की सोच रहा था। बड़ी बहू उनकी मूँज की चारपाई किसी को देने की सोचती थी—कौन सोएगा उस पर, उसके पिता का देहान्त हुआ था तो उनका सारा सामान दान कर दिया गया था...पुण्य होता है।

ये देख रही थीं...कैसे आदमी के जाते ही उसकी सभी चीजों को एक-एक करके ठिकाने लगाने की धुन सवार हो जाती है कि कहीं कुछ न रहे जो जानेवाले की याद दिलाए...बहाना दानधर्म का हो या कि उसकी यादगार रखने का। ये जो सब उनकी मौत पर इकट्ठा हो गए हैं...जो उनके शव पर बुक्का फाड़-फाड़कर रोए...उनमें से कितने थे जो जब वह आदमी जीवित था उसे आदर के साथ रखने को तैयार थे, उनकी गालियाँ सहते हुए उनकी सेवा कर सकते थे। सब दूर भागते थे। बड़े ने घर में शरण दे दी और बस...दूसरों ने वह भी नहीं किया। एक ये ही थीं, इन्हीं का बूता था कि गालियाँ सहती हुई सब करती रहीं...जैसे जीवन भर उन्हें झेलती रहीं। दिखावी आँसू बहाने चले आए सब और अब हिस्सा-बाँटी, छीना-झपटी चल रही है...अच्छा रहा कि हरे बक्से में कपड़े-लत्ते अंगड़-खंगड़ के अलावा कुछ निकला ही नहीं, कुछ निकलता तो पता नहीं क्या हो जाता।

"एक मुड़ी छेरी, लिड़ैयन ने छेरी..."

इनके कानों में टकटकाने लगा, काफी देर तक गूँजता रहा, सहसा दूसरी लाइन याद आ गई—"छेरी ने पादो, लिड़ैया भागे..."

जिस समय वे सब इनके पति के कमरे में उनका हरा बक्सा खोले बैठे थे, एक-एक चीज की जाँच-पड़ताल चल रही थी...ये वहाँ पहुँच गईं। तिल-तिल जोड़ी गृहस्थी जैसी भी है उसे समाप्त होते नहीं देख सकतीं वे। जो इन्होंने कहा वह बहुत देर की चुप्पी के बाद निकला तो चीख-सा लगा, "कोई सामान इधर से उधर नहीं होगा। फटे-पुराने कपड़े भी नहीं, टूटे रेडियो, ट्रांजिस्टर भी नहीं...सब बक्से में बन्द करो और चाबी इधर लाओ। यह चारपाई भी यहीं रहेगी। इस पर उनका बिस्तर भी वैसा ही रहेगा...और यह बक्सा भी वहीं रखा रहेगा जहाँ था..."

सब सकते में आ गए। पीछे फुसफुसाहट चल निकली—सदमा लग गया...नहीं अम्मा बड़ी कंजूस है, टूटी-फूटी पुरानी चीजें भी कलेजे से चिपकाए रहना चाहती है, ये सड़ी मूँज की चारपाई...क्या होगा इसका। अशुभ होता है चारपाई और बिस्तर रखना...फिंकवा देना चाहिए...

ये नहीं जानतीं कि क्या होगा उन चीजों का, पर यह तय था कि वे जाएँगी नहीं, अभी तो कतई नहीं...देखा जाएगा, सोचा जाएगा...

तेरहवीं के दिन तक किसी रोज उन्हें सपने में नहीं देखा, किसी ने नहीं। उनके क्रोधी स्वभाव के कारण कोई उनसे बहुत जुड़ा तो रहा नहीं जिसके सपने में वे आते। इन्होंने भी नहीं देखा....लेकिन आज सुबह जागते ही ऐसा लगा जैसे वे अपने वाकर पर पीछे आँगन में ही चल रहे हैं...वाकर की वही खट-पट। ये टोकनेवाली थीं कि जाकर घर के सामनेवाले हिस्से में घूमो कि वे वाकर का सहारा लिए-लिए नीचे बैठ गए...वहीं आँगन के फर्श पर, सिर नीचा किए...दोनों हाथ ऊपर वाकर को पकड़े हुए। पहले उकड़ूँ बैठे रहे, फिर वाकर को छोड़ वहीं पाल्थी मारकर बैठ गए। यह चिल्लानेवाली थीं कि आँगन का फर्श गीला है, कपड़े गीले हो जाएँगे, वहाँ न बैठो...कि तभी याद आया कि अरे वे तो हैं ही नहीं...

जिस दिन उनका शव हस्पताल से आया था उसी दिन एक लड़का भी इस घर में आया। उम्र कोई बीसेक साल, दुबला-पतला, मैल से काले हुए पैंट-कमीज...जो कपड़े शरीर में, उसके अलावा कुछ और साथ नहीं। चेहरे पर दीनता। कुछ दिनों पहले बड़े ने किसी से पिता की देखभाल के लिए एक नौकर खोजने के लिए कहा था, उन्हीं ने भेजा था। उस रोज सब संस्कार के कामों में व्यस्त थे। इसलिए दो-चार दिन रहो, काम करो...फिर बात करेंगे...कहकर उसे रख लिया गया। घर में मेहमान आ रहे थे उनकी देखभाल करेगा कुछ दिनों। इतने दिनों का कुछ दे-दवाकर फिर उसकी छुट्टी कर देंगे, क्योंकि जिनके लिए उसे बुलाया था अब वे ही संसार में नहीं थे। इन्होंने उसे इधर-उधर जो कुछ पड़ा था वह लाकर खाने को दिया। लड़का कई दिनों का भूखा था, खाने पर टूट पड़ा। उसे ऐसे खाते देख इन्हें अजीब तृप्ति महसूस हुई...

लड़का ठीक उस दिन आया जिस दिन वे गए...करीब-करीब इसी उम्र में वे भी अपने माँ-बाप के घर से भाग गए थे। बाप की मंशा खेती में लगाने की थी और वे पढ़ना चाहते थे। भागकर बनारस पहुँचे थे।

मेहमानों की बनिस्पत इन्हें उस लड़के के पास बैठना, उसकी सुनना ज्यादा अच्छा लगता था। मेहमानों की तो बातें वही थीं—पति की बातें, उनके बारे में ज्यादातर अच्छी बातें, उनके जाने का सन्तोष...भाग्यवान थे कि घिसटना नहीं पड़ा वरना लकवा लगने के बाद बड़ी दुर्गति होती है...वगैरह-वगैरह। लड़के के पास बैठकर इन्हें कुछ नया सुनने को मिलता था। आनेवाले दिनों में वे लड़के के बारे में काफी कुछ जान गईं—पाँच बहनों के बीच इकलौता लड़का है, माँ-बाप बहुत गरीब हैं। सबका खाना-पीना नहीं हो पाता तो लड़के को शहर ठेल दिया—जाओ अपना खाना-पीना कमाओ या चाहे जो भी करो, लड़कियों को तो बाहर भेजा नहीं जा सकता। घर कुछ न भी भेज सको तो अपना तो पेट भरोगे। कम से कम, यहाँ सबके लिए जो खाना जुटता है उसे कम ही करोगे। लड़के ने शहर पहुँचकर एक छोटे से होटल में नौकरी की...जूठे बर्तन उठाना, साफ करना। होटल एक बार खुले तो जैसे बन्द ही न हो...सुबह से शाम तक दौड़ ही दौड़...पेट तो

भर जाता था लेकिन वह इतना थक जाता था कि कुछ भी और करने के लायक न रहे। वह अपनी अधूरी पढ़ाई छोड़कर आया है, बी.ए. का पहला साल कर चुका है, बाकी काम करने के साथ-साथ प्राइवेट करना चाहता है...होटल से अच्छा घर का काम रहेगा, यहाँ पढ़ सकेगा...तो छोड़कर यहाँ आ गया।

''जरूर तकलीफें बहुत ज्यादा रही होंगी कि इकलौते लड़के को यों बाहर निकाल दिया...यह पढ़ाई को बीच में छोड़कर चला आया है।'' इन्होंने बड़े से कहा, तेरहवीं हो चुकी थी, ज्यादातर मेहमान लौट गए थे...और बड़े इस लड़के का हिसाब-किताब कर उसकी भी छुट्टी करनेवाले थे।

''तो ?'' बड़े ने प्रश्न माँ की तरफ उछाल दिया।

ये हिलगकर रह गईं...कहाँ पैर रख रही हैं, फँस जाएँगी। निर्बन्ध होकर, हवा की तरह कहीं भी विचरना...चार दिन यहाँ, चार दिन वहाँ, पानी-सा बहना...क्या हुए वे सब खयाल ? क्या नया ताम-झाम बिछा रही हैं...इसमें बिंधकर रह जाएँगी...

''गाँव में काम-काज नहीं, वरना कोई क्यों शहर भागे।''

''हमारे यहाँ भी अब काम नहीं है अम्मा। हम तीन ही तो बचे।''

''हाँ, तीन ही बचे...''

''तीन का क्या काम, बाहर की एक मेहरी काफी होगी।''

''अब जब यह आ ही गया...कहता है पढ़ना चाहता है, पड़ा रहेगा, पढ़ता रहेगा।''

''तुम्हें खर्च का अन्दाजा है अम्माँ ?''

''हाँ, चार का। तुम्हारे पिता थे, तब चार का खर्च था, नहीं ? उनका कमरा है, चारपाई है, कपड़े-लत्ते हैं...पहनने-ओढ़ने का है...सब कुछ है। ऊपर थोड़ा-बहुत जो और खर्चा होगा उसकी चिन्ता न करो। मेरे रुपयों में से ले लेना। क्या पता यह हमारे यहाँ रहकर वाकई अच्छा पढ़-लिख जाए। इसके भीतर बहुत लालसा है...''

सामने एक सपना झिलमिला रहा था—''उनकी गृहस्थी चल रही है, पति के कमरे से। एक लड़का पढ़ रहा है जैसे कि उनके बच्चे पढ़ते थे, जीवन से फिर एक लक्ष्य आ जुड़ा है...''

''कुछ दिनों बाद अगर यही चला गया हमारे यहाँ से तो ?''

''तो कोई और आ सकता है...जैसे यह आ गया।''

बड़े ने आगे कुछ नहीं कहा। माँ आखिर अध्यापिका रही थीं। जैसी उनकी इच्छा। वे बोलीं तो।

ये सामने देख रही थीं...धूल भरे मैदान में उगता दीख रहा था एक छोटा-सा पौधा। कड़वाहट जो उनके और पति के बीच बराबर रही...जब तक वे रहे...उसी में से निकलना था इसे ?

(अगस्त 1998)

अंश

वह शख्स बुजुर्गियत में खूबसूरत और प्यारा निकल आया था।

सुन्दर चेहरा, बड़ी-बड़ी आँखें, अच्छे नाक-नक्श जो वक्त के साथ-साथ थोड़ा झूल गए थे। सिर पर बाल बहुत कम थे पर गंजापन नहीं दिखता था। सुन्दर नाक-नक्श जो बड़े पेट के ऊपर कहीं बिला जाते थे। पेट कुछ बाहर निकला था, नाटे कद में और बड़ा दिखता पर जिस आनुपातिक ढंग से वह गोलमटोल था, अच्छा दिखता था। पार्टियों में व्हिस्की का गिलास लिये वह किनारे चिपका होता। इधर-उधर, इसके या उसके पास जाने की कोई कशमकश नहीं, अपनी जगह टिका रहता। कोई पास आया तो अपनी सिगरेट पेश करेगा—'लिया जाए हुजूर...ये सब तो चलता ही रहता है।' बहुत धीमा और मीठा बोलना, जैसे बोल उसके मीठे नाक-नक्श को छूते हुए सुननेवालों तक पहुँचते थे।

घूमनेवाले बढ़िया विदेशी जूते पहन वह सवेरे-सवेरे समुन्दर के किनारे प्रियदर्शनी पार्क घूमने जाता। पार्क के रेतीले गलियारों के छोटे-बड़े चक्करों में लोग करीब-करीब दौड़ते हुए घूमते थे, लेकिन वहाँ भी वह सबसे अलग। हालाँकि चुस्त निक्कर और शर्ट में होता था पर चाल अपनी ही खरामा-खरामा, लुढ़कते हुए। पास जाओ तो धीमी आवाज में कहता—'कोई हड़बड़ी नहीं है, आराम से इत्मीनान से—' जैसे घूमने नहीं, मस्ती मारने या हवाखोरी के लिए जाता था। तीन-चार छोटे-छोटे चक्कर इधर से उधर लुढ़क लिए और बस...! जब जाने का मन नहीं किया तो घर में ही टहल लिये।

जिन्दगी की रगड़न्त में इधर-उधर धक्के खाते बहना नहीं, एक किनारे खड़े होकर तमाशा देखना...यह था वह, जैसे जिन्दगी पर बाहर-बाहर से चस्पाँ।

रोजाना एक काम जरूर वह बड़े शौक, उत्साह और नफासत से करता—शाम की शराब। पहिएदार छोटी-सी ट्राली को पहले अपने बैडरूम में ले जाकर खुद सजाता, गिलास थरमस जग का कभी यह सैट चुनता कभी वह। सुन्दर नैपकीन बिछाता। फिर करीने से पोंछ-पोंछकर लगाता, कीमती गिलास, आखिर में बोतल, सोडा का जग और बर्फ का थरमस बिठाए जाते। ट्रौली सजी हुई दुल्हन की तरह ड्राइंग रूम में आती। फिर वह उन्हें—अपनी पत्नी को बुलाता, करीब-करीब फुसफुसाते हुए—'आओ बैठो, अ ग्लास ऑफ वाइन एंड दाउ बिसाइड मी...और क्या जिन्दगी में रखा है...।'

वे भीतर तक खिल उठतीं। दरअसल हर रोज शाम के लिए वे तैयार भी होने लगी थीं और बाहर कहीं जाने से ज्यादा उन्हें इस निहायत प्राइवेट महफिल का इन्तजार होता

था। बैठने के बाद दोनों के बीच शुरू हो जातीं कहाँ-कहाँ की बातें। वह अपने कोमल अन्दाज में, प्यार से ठोस-ठोस बातों को भी छूते हुए चला जाता...जैसे बगीचे में पेड़ों के तनों को सहलाते हुए गुजर रहा हो, कैसी बढ़िया-बढ़िया बातें करता...वे मुग्ध उसे देखती रहतीं, सुनती रहतीं।

पता नहीं, उन्हीं की खातिर या खुद ज्यादा जिम्मेदार महसूस करने के लिए वह शुरू से ही बच्चों की परवरिश को लेकर बहुत सतर्क था। उसने अपने सामने एक लक्ष्य रख लिया था—लड़के को अमेरिका पहुँचाना है। हिन्दुस्तान में कैरियर ही कहाँ है। अगर कोई यहाँ अच्छी कमाई कर भी ले तो अच्छा रहना नहीं मिलता। बड़ी कार होने से क्या जब सड़कें ही नहीं हैं। एयरकंडीशनर सब कमरों में लगवा लो, लेकिन अगर बिजली ही न हो तो ? इसीलिए आज जिसकी भी थोड़ी-सी हैसियत हुई वह अपने बच्चे को अमेरिका भेजता है...वह ऐसे कितने तर्क देता। अपनी उस एकमात्र महत्त्वाकांक्षा को पूरी करने के लिए उसने बाकायदा प्लानिंग की—लड़के को कौन-सा विषय चुनना है, किस कॉलेज से डिग्री लेना है, विदेश में चुनाव के लिए गैट या किस इम्तहान में बैठना है, बाहर की कौन-कौन-सी संस्थाओं में भर्ती और वजीफे के लिए दर्खास्त लगाना है...इधर-उधर से खुद सूचनाएँ इकट्ठा करके वह लड़के का मार्गदर्शन करता। उसे इस दिशा में ज्यादा परेशान होते, मेहनत करते देख वे टोकती भी थीं...तो वह अपने खास इत्मीनान में जवाब देता—'एक यही तो करने लायक चीज है, बाकी है क्या !'

आखिर जब बेटे के अमेरिका जाने का निश्चित हो गया तो उसकी खुशी का ठिकाना न रहा। उसे लगा, जैसे लड़का नहीं वह खुद विदेश जा रहा है। खबर मिलने के दिन ही उसने एक पार्टी दे डाली जिसमें हर व्यक्ति के पास ले जाकर वह बेटे को मिलवा रहा था, फख्र के साथ। यों तो दुःखी होना उसके स्वभाव में ही नहीं था पर उन्होंने उसे इतना खुश पहले कभी नहीं देखा था। वे खुश थीं। तैयारियाँ शुरू हुईं। लड़के के लिए तरह-तरह के ड्रेस बनवाए गए, छह-सात जोड़ी जूते खरीदे गए, खाने की ऐसी चीजें बनाकर सामान के साथ रखवाईं जो महीनों चल सकें। बराबरी से चल रही थीं रोज पार्टियाँ। महीने भर एक जश्न मना। उन दोनों पर क्या उनके पूरे सर्किल में अमेरिका ही अमेरिका छाया हुआ था। वह अब भी लगा हुआ था—अमेरिका के जितने पते कहीं से भी इकट्ठे किए...पता नहीं कब कौन लड़के के काम आ जाए। सबको फोन पर इत्तला भी करवा दी। लड़के के शुरू के खर्च की व्यवस्था कर दी। जिस दिन लड़के को अमेरिका के लिए जहाज पकड़ना था, वे दोनों थोड़े उदास थे लेकिन घर में मुस्तकिल रोशनी थी—लड़के की परवरिश, शिक्षा अच्छे रहे। वे गर्व के साथ कह सकते हैं कि लड़का बढ़िया से सैटिल हो गया। लड़के का ही नहीं, उन दोनों का जीवन भी सुनिश्चित हो गया। पति के रिटायर होने पर वे दोनों भी अमेरिका पहुँच जाएँगे, बेटे के पास।

लड़के को एयरपोर्ट भेजने पूरी की पूरी बारात गई थी।

सबकुछ अच्छा चला जा रहा था। जीवन में कमी भी क्या थी। लड़का अमेरिका !

बेटी अभी छोटी थी तो जब स्कूल से निकलेगी तो वह भी सीधा अमेरिका, भाई के पास। उसका भी कैरियर बन गया एक तरह से। वह अब निश्चिन्त था...लेकिन उसका शरीर था कि दगा दे रहा था। पेट बढ़ता जाता और वह नर्वस इतना कि जाँच के लिए थोड़ा-सा भी खून निकाला जाना देख नहीं सकता था, दूसरी तरफ नजर कर लेता। तब भी धुकधुकी चलती रहती कि पता नहीं कितना खून खींच लिया जा रहा है। वे अक्सर समझातीं—'अब शराब-सिगरेट छोड़ दो।' वह कहता—'वैसे भी क्या गारंटी है कि यह चोला बीमार नहीं पड़ेगा, हस्पतालवाले फिर पता नहीं क्या सुलूक करें शरीर के साथ—किधर से छेदें, किधर से नली डालें, किधर से निकालें। सबसे अच्छा है दिल का दौरा, एक बार का दर्द और संसार से पार...आराम से।'

क्या उसे किसी तरह का पूर्वाभास था...या उसे ऐसा लगने लगा था कि जो काम करने वह संसार में आया था वह लड़के के अमेरिका जाने के साथ हो चुका...या किसी भी चीज के लिए ऐसी उठा-पटक करना जैसी उसने लड़के को अमेरिका भेजने के लिए की यह उसकी प्रकृति में नहीं था। उसने अत्याचार कर डाला था अपने स्नायु-तन्तुओं के साथ...एक दिन उसे सचमुच भयंकर दिल का दौरा पड़ा और वह नहीं रहा।

वह तो आराम से निकल गया, पीछे छोड़ गया हाहाकार...भयंकर हाहाकार। जिस इत्मीनान और मस्ती में वह रहता था और उन्हें रखता था, वे कभी सोच ही नहीं सकी थीं कि कोई ऐसा दिन आएगा जब वह नहीं होगा। अब भी विश्वास नहीं होता था कि पृथ्वी चल रही है और उस पर वह नहीं है...वह खूबसूरत खुश-मिजाज आदमी जिसे कोई फिकर नहीं, कोई हड़बड़ी नहीं, जो इतना इत्मीनान से जिन्दगी जीता था। उनकी आँखें उसे ढूँढ़तीं उस कमरे में जहाँ वह सोता था, ड्राइंग रूम में वह जगह जहाँ उन दोनों की निशिश्त जमती थीं। पार्क के वे रास्ते जहाँ वह घूमने जाता था, अब वहाँ सिर्फ हवा थी, गुजरती हवा। उस खूबसूरत आदमी को लोगों ने बाम लगाकर मौर्चुअरी में डाल दिया और इनसे कहा कि लड़के को बुला लो। वहाँ वह पड़ा है—निश्चेष्ट, निष्कंप। लोग कहते हैं कि वह तो सिर्फ शरीर है। जो वह था, वह तो गुजर गया। क्या वह चला गया, उसका कुछ भी नहीं छूटा...उसका वह अन्दाज, उसकी मुलायमियत, नफासत। कुछ तो कहीं छूटा होगा। उसका अंश अनूप में, उसकी छवि देख सकेगी, अनूप उनका और अपनी बहन का सहारा बनेगा। वह आ जाएगा तो वे इतना असहाय महसूस नहीं करेंगी, वह सबकुछ सँभाल लेगा...

उन्होंने खुद अनूप से फोन पर बात की !

"बेटा, तुम्हारे पिता अब दुनिया में नहीं हैं, कल जबर्दस्त हार्ट अटैक आया और..." उनका गला रुँध आया।

"व्हाट ! आई कान्ट बिलीव। मौम ! करेज रखना, कीप कूल।"

"बेटे, तुम जल्दी आ जाओ, हमें कुछ नहीं सूझ रहा।"

"इतनी जल्दी मैं कैसे आ सकता हूँ, मौम।"

"आज ही निकल लो तो पिता को देख सकोगे।"

''ममी, मैं नहीं आ सकता। मेरे पास पैसे एकदम नहीं हैं।''

''ऐसे में पैसे का नहीं सोचते बेटा। फिर तुम तो अब कमाने लगे हो।''

''यहाँ खर्चे इतने ज्यादा हैं, जो मिलता है उससे भी पूरा कहाँ पड़ता है।''

''बेटा, तुम्हारा आना जरूरी है, क्रिया-कर्म तुम्हीं को करना है।''

''क्यों, किसी और से नहीं कराया जा सकता क्या, उसके लिए इतना खर्च ?''

''नहीं, तुम्हें ही करना है और कौन है हमारा ? तुम्हारे आने से हमें हिम्मत भी मिलेगी।''

''तो आप टिकट भिजवा दीजिए। मैं एकदम आउट ऑफ पाकेट हूँ।''

''ठीक है...तुम आने का फौरन बना लो।''

''मौम, दो टिकट भिजवाना, वापसी टिकट। एक मेरे और एक क्रिस के लिए, क्रिस विलियम्स।''

''यह कौन है ?''

''मेरी फ्रैंड, रखता हूँ।''

वे हुच्च से रह गईं। पिता मृत पड़ा है और बेटा अपनी फ्रैंड की सोच रहा है। अनूप के आने पर खुलासा हुआ—क्रिस चालीसवर्षीया अमेरिकन थी, अनूप से बारह साल बड़ी, देखने में एकदम साधारण। सिवा गोरे रंग के और कुछ नहीं था उसमें पर उन्हें जानने में बहुत देर नहीं लगी कि क्रिस की जेब में वे सुविधाएँ थीं जिन्हें अनूप बटोर सकता था अगर वह किसी अमेरिकन से शादी कर लेता।

आते ही अनूप जल्दी मचाने लगा—उनके पास समय नहीं है, क्रिस भी जौब करती है, वे बहुत मुश्किल से आए हैं, जो करना हो, जल्दी कराइए। ये क्या कि लड़के को ही सबकुछ करना है, यह सब ढकोसले हैं। हिन्दुस्तान इसीलिए आज भी एक पिछड़ा हुआ देश है। यहाँ का नागरिक होने में कोई गर्व महसूस नहीं करता जब कि अगर उसे यह कहने को मिले कि वह यू.एस. सिटीजन है तो कितनी बड़ी चीज होती है।

वे सुनकर रह जातीं। ऊपर पहाड़-सा दुःख था—अब भी विश्वास न होता कि जिसके इर्द-गिर्द सबकुछ घूमता था वह दुनिया में नहीं है, ऐसा हो सकता है क्या ! अनूप, जिस पर वे टिक सकती थीं वह ऐसी बातें कर रहा है जैसे जो संसार से गया वह उसका पिता नहीं बल्कि दूर का कोई रिश्तेदार था, वह व्यक्ति नहीं जिसने उसे अमेरिका भेजने के लिए आकाश-पाताल एक कर दिया था।

फिलहाल सामने काम ही काम थे जिन्हें सब सुना-अनसुना करते हुए उन्हें करते चले जाना था। वे पूरी कोशिश करतीं। अनूप की बातों के टुकड़े उनकी त्वचा को स्पर्श करते हुए थोड़ी देर को ऊपर उठ जाते पर फिर गिरती पत्तियों की तरह बरसते और इर्द-गिर्द उड़ते रहते। उनका ही बेटा, उनका जाया अपने पिता का अंश, वह अपने पिता के कर्मकांड इस तरह कर रहा था कि वे उपकृत होती थीं भीतर-भीतर जितना वह कर देता। अनूप को पग-पग पर उलझन होती, कर्मकांड से भी ज्यादा इस बात से कि सब उड़े-उड़े से हैं, कोई कभी बैठता नहीं शाम या रात को। जब समय मिलता है तब भी

नहीं। उसकी बातों और समस्याओं पर गौर नहीं करता जब कि अब उसके मामले ही असल हैं। वे सब उस व्यक्ति में लगे हुए हैं जो जा चुका, बीत चुका। उसी से सम्बन्धित काम करेंगे या उसकी ही बातें करेंगे। जैसे ही अनूप को वह मुकाम मिला जहाँ खास-खास काम खत्म थे, वह माँ को घेरकर बैठ गया।

''मौम ! हम परसों जाने को सोच रहे हैं। मैं क्रिस को साथ इसलिए ले आया कि आप उससे मिल लें और हमें शादी की इजाजत दें।''

''बेटा, आज ही कर्म सम्पन्न हुए हैं। ऐसे मौकों पर शादी-ब्याह की बातें नहीं की जातीं।'' माँ के पास बैठी अनूप की मौसी ने कहा।

''पर मैं बैठा ही तो नहीं रहूँगा यहाँ। जो हो गया वह हो गया, बाद के काम भी खत्म हो गए। एवरीथिंग इज ओवर नाउ, अब तो आगे की सोचना चाहिए। मौम, हमें इनसे क्या मतलब। तुम हमारी शादी के लिए हाँ कर दो, नहीं भी करोगी तो भी हमारी शादी तो होगी ही इसलिए अच्छा है कि ओ.के. कर दो। क्रिस चाहती है कि तुम हाँ करो, वह हिन्दुस्तानी स्टाइल में शादी करना चाहती है।''

वे चुप थीं। सूनी-सूनी आँखों से सामने देखती रहीं। बाप तो मानो चला गया और तुम लोग जो गया उसके बारे में नहीं सोचते, जो सामने है उसी के बारे में सोचते हो, तो माँ तो है सामने—जीवित साबुत। कहाँ गया माँ-बेटे का रिश्ता, वह ममता, वह प्रेम जिसकी लोग कहानियाँ कहते हैं। लड़के को कभी कोई कमी महसूस नहीं होने दी उन्होंने, फिर क्या है कि उसके सोच में माँ कहीं है ही नहीं।

''बेटा''—मौसी ने कहा—''तुम्हारे पिता असमय में तुम्हारी माँ और बहन को छोड़कर चले गए। तुम्हारी बहन छोटी है, उसे अभी सैटिल होना है। घर के बड़े तुम्हीं हो। लड़के हो, कुछ कमाते भी हो। अब तुम्हीं को सबकुछ सँभालना है। मेरी राय में तुम अब इन दोनों को साथ ही रखो। ये तुम्हें देखेंगी तो इनका दुःख कम रहेगा।''

''अमेरिका में प्रायवेसी बहुत इम्पौर्टेंट हैं,'' अनूप ने कहा—''अगर ये जाएँगे तो इन्हें अलग अपार्टमेंट में रहना होगा। जितने रुपए पापा ने छोड़े हैं वे क्या काफी होंगे इनके लिए। फिर इन्हें उसी पैसे में अपना खाना-पीना भी करना है।''

अब उन्हें विश्वास हो गया कि उनका पति, वह खूबसूरत इन्सान सचमुच चला गया। पीछे उसका कुछ भी नहीं छूटा, बेटे में तो कतई नहीं। कहाँ उस आदमी का मुलायम-मुलायम अन्दाज, जिन्दगी में हल्के से चस्पाँ होने जैसा और कहाँ अनूप का एकदम व्यावहारिक रुख, ठोस-ठोस चीजों को कैसे जोरों से छाती से चिपकाए हुए है, स्वार्थ के लिए कैसे कर्कश ढंग से आगे बढ़ता है।

''वैसे इसका इन्तजाम हो सकता है।'' अनूप कह रहा था—''अमेरिका में सब काम करते हैं। कोई किसी पर डिपैंडेंट नहीं होता, सब अपने खर्चे के लिए कमाते हैं।''

अमेरिका, अमेरिका, देख लिया तुम्हारा अमेरिका। यही है न अमेरिका में रहने की शान कि माँ-बाप, ये सब चार दिन में लिप-पुत गए। तुम्हारे नक्शे में वे कहीं नहीं है जब कि तुम स्वयं अभी कुछ नहीं हो, सिर्फ अमेरिका में रहते हो वह भी हमारी बदौलत।

कितना अच्छा हुआ कि पिता ने यह सब नहीं देखा, वह चला गया खुश-खुश कि लड़के को अमेरिका पहुँचा दिया। क्या तब वह या कि कोई जानता था कि लड़का यह निकलेगा ?

उनके भीतर कुछ उबलने लगा। शरीर पर नसें उछल आईं और फड़कने लगीं तालाब में उछल-उछल पड़ती मछलियों की तरह। एकाएक बिजली की करैंट की तरह कोई चीज आर-पार हुई—वे अपने घर में आनेवाली सन्तानें अनूप और क्रिस जैसी नहीं चाहेंगी। जब हम कोई नहीं हैं तो क्यों चाहता है वह हमारी सहमति ?

उन्होंने उबाल को थामे हुए ठंडे-ठंडे कहा—"अनूप, तुम कहते हो कि शादी तो तुम्हारी क्रिस के साथ ही होना है, हम हाँ करें या ना। यह जानते हुए भी मैं हाँ कहने से इन्कार करती हूँ। तुम्हारे लिए इसकी कीमत हो या न हो, हमारे लिए है।"

और उठकर वे भीतर चली गईं।

(दिसम्बर 1998)

•

छड़ें

फोन के पार उसकी आवाज लगातार चीख रही थी—हलो...हलो, इस बार पिछली बार से थोड़ा और तेज। हलो...हलो...जैसे वह फोन का जवाब नहीं दे रही हो, किसी को पुकार रही हो...जैसे चीख-चीखकर कुछ चींथने को आतुर हो, चींथकर कुछ निकाल लेना चाहती हो।

उसका फोन खराब था—आनेवाले फोन की घंटी तो बजती थी लेकिन फोन उठाओ तो उस पार से कोई आवाज न आती। फोन के भीतर गहरा शून्य, अँधेरा। यहाँ तक कि उसकी अपनी चीख भी लौटकर न आती, फोन के भीतर ही वहीं गुम हो जाती...फिर भी वह हलो...हलो किए जाती थी।

उसे किसी एक फोन का इन्तजार था...हर घंटी पर वह यों दौड़ती, फोन से यों जा चिपटती जैसे वह उसी फोन की घंटी थी। फोन पर बात नहीं हो पाई लेकिन उधर की बात इधर सुनी जा सकती थी ! इससे यह तो पता चल गया कि वह थी। राहुल और पत्नी नन्दिनी उसके घर जा सकते थे। पिछली बार जब वे उसके घर गए थे तब वह अकेली थी। उसने बताया था कि उसके पति शुक्लाजी किसी काम से बंगलौर गए हुए हैं। राहुल-नन्दिनी शुक्ला दम्पत्ति के पुराने दोस्त थे। वे जब भी इस शहर आते, उनके यहाँ जरूर जाते थे। इस बार तो और भी जाना था क्योंकि पिछली बार शुक्ला से मुलाकात नहीं हो सकी थी।

फ्लैट के दो दरवाजे थे, दोनों सफेद किवाड़वाले। एक बगल के रसोईघर से भी निकाल लिया गया था ताकि वक्त जरूरत के लिए दूसरा निकास भी रहे। शुक्ला दम्पत्ति सुरक्षा के लिए ज्यादा ही सचेत थे। सफेद दरवाजों के बाहर लोहे की छड़ों के एक-एक और किवाड़ लगा दिए गए थे। दरवाजे बन्द होने पर किवाड़ नहीं, सफेद दीवार पर चिपकी काली-काली छड़ें ही नजर आतीं जो बदसूरत दिखतीं...लगता वह घर नहीं, छोटा-मोटा कोई जेल था।

उसने दरवाजा खोला, उन्हें अन्दर कर पीछे से बन्द किया—पहले लोहे का दरवाजा, फिर लकड़ीवाला...और नन्दिनी से चिपककर एकाएक फफककर रो पड़ी, रोती चली गई।

“अरे भाभीजी !...यह क्या हो गया आपको एकाएक ?” नन्दिनी चौंक गई थी।

जवाब में वह और रोती चली गई। नन्दिनी और राहुल ने कुछ महीनों पहले ही

उसे देखा था। तब हमेशा की तरह वह भरे शरीर की स्वस्थ औरत थी, खुशमिजाज। अब सूखकर काँटा हो गई थी। शरीर पर सलवार-कुर्ता...जैसे बाँस के लट्ठे पर सूखने के लिए टाँग दिए गए हों। शुक्ला और राहुल दोनों साथ-साथ रिटायर हुए थे। शुक्ला ने तीन बैडरूमवाला यह फ्लैट काफी पहले ले लिया था। उसका अपनी पत्नी के साथ मिलकर वकालत करने का विचार था, पत्नी काफी पहले से करने भी लगी थी। पिछली बार उसने बताया था कि शुक्ला किसी कम्पनी के काम से बम्बई गए हैं...सुनकर अच्छा लगा था कि उनकी नई जिन्दगी चल निकली थी...लेकिन आज यहाँ नजारा ही कुछ और था। वे तहस-नहस हो गए दिखते थे। कहीं ऐसा तो नहीं कि शुक्ला असमय में ही...कुछ लोग रिटायरमेंट के आघात को नहीं झेल पाते, शुक्ला तो औसत से ज्यादा अफसर-मिजाज था।

थोड़ी देर में वह सामान्य हुई। तीनों सोफे पर बैठ गए तो नन्दिनी ने धीरे से पूछ लिया—''भाई साहब ?''

''जब आप लोग आए थे तभी से नहीं हैं...'' उसने सिसकते हुए कहा—''कुछ पता नहीं, कहाँ हैं। मैंने अनाज छोड़ दिया है, बस फल...''

वह फिर रोने लगी थी। जैसे राहुल और नन्दिनी ने उसे शीशे के सामने ला खड़ा किया था और स्वयं को देखकर वह हैरत में थी कि शुक्ला को गए जितने दिन हुए उससे चौगुना बढ़ी उम्र की वह दिखने लगी है।

''क्या किडनैपिंग ?'' राहुल होंठों ही होंठों में बुदबुदाया।

वह कुछ नहीं बोली। वह शब्द जैसे बेआवाज उठा था, वैसे ही गायब हो गया। नहीं, वह 'किडनैपिंग' का मामला नहीं लगता था—साठ वर्ष का आदमी, अवकाशप्राप्त, माने कि सिर्फ गुठली...उठाकर किसी को क्या मिलेगा। किडनैपिंग होती तो अब तक कोई फरमान, कोई माँग उसके या बेटा-बेटी किसी के पास पहुँच जाना चाहिए था।

''कोई झगड़ा हुआ क्या ?'' नन्दिनी ने पूछा।

''कोई नहीं। कोई रंजिश नहीं थी हमारे बीच। मैं उनके तौर-तरीके पर जरूर कभी-कभी टीका-टिप्पणी कर देती जैसे रिटायरमेंट पर एक पार्टी हुई, सब वहाँ इन्तजार करते बैठे हैं और ये पीने बैठ गए, एक वाहियात आदमी के साथ। टोकती नहीं ? मैंने कहा, शुक्लाजी, अपनी पोजीशन का कुछ तो खयाल कीजिए, कम से कम आज तो सोबर पहुँचिए। सब आपकी इज्जत करेंगे...इस तरह की बातें, बस। कभी कोई बड़ा झगड़ा नहीं हुआ हमारे बीच, कभी नहीं। जिस दिन गए, उस रोज भी हर रोज की तरह कचहरी तक छोड़ने आए थे।''

''आपने उनका बैंक अकाउंट देखा ?'' राहुल था, काफी गम्भीर।

''अपने खाते से सारे रुपए उन्होंने पहले ही निकाल लिए थे। उस दिन मुझे छोड़कर आए, दो अटैचियाँ अपने सामान से भरीं, फ्लैट पर ताला मारकर चाभी नीचे वाचमैन को थमाई और जाने किसकी गाड़ी में निकल गए। अपनी गाड़ी छोड़ गए...शायद मेरे लिए।''

"नहीं, इसलिए नहीं, इसलिए कि उससे उनका पता लग सकता था। आजकल आदमी का छिपना आसान है, गाड़ी का नहीं।"

"मैंने एक दिन इन्तजार किया, दूसरे दिन, तीसरे दिन। तीनों दिन कचहरी नहीं गई, इन्तजार करती रही फोन का, किसी खबर का। चौथे दिन जाकर बच्चों को खबर दी...सबने जिस-जिस जगह ये हो सकते थे, पूछ डाला। कोई खबर नहीं, आज तक नहीं। आज भी उनके फोन का इन्तजार रहता है।"

"उनका कोई दुश्मन था क्या ?"

"कई लोग उन्हें पसन्द नहीं करते थे, लेकिन दुश्मनी जैसी किसी से नहीं थी।"

एक रहस्यात्मकता शुक्ला के इर्द-गिर्द सदा रही। तरह-तरह के उसके किस्से उड़ते रहते। उसके ऑफिस में अक्सर लड़कियाँ पाई जातीं। जिस शहर में तैनाती पर नया-नया गया होता वहाँ मकान पर कभी श्रीमती शुक्ला के नाम से कोई और रहता मिलता। कभी किसी बड़े शहर के बड़े होटल में वह किसी के साथ घूमता दिखाई दे जाता, कभी दफ्तर की कोई लड़की उस पर छेड़खानी का आरोप लगाती जिसका बचाव वह यह कहकर करता कि यूनियनवालों ने लड़की को उसके कमरे में प्लान्ट किया था।

उसके साथ कुछ न कुछ होता रहता था। विभाग के अधिकारियों के पास उसकी शिकायतें जाती रहतीं। एक-दो उच्चाधिकारियों को वह हमेशा अपने बचाव के लिए पकड़े रहता। लड़कियोंवाली शिकायत को तो फू से उड़ा दिया जा सकता था—यह सोचना आसान था कि शुक्ला, एक नाटा आदमी...दुबला-पतला, चश्मा लगाए, मिच्चा-सा, लड़कियाँ जिसे गोद में लिए फिर सकती हैं...वह यह सब क्या करेगा ! फिर उसकी पत्नी हमेशा उसके बचाव में आ खड़ी होती।

रिटायरमेंट के बाद उसमें क्या बचा होगा ? पद, जिसके आकर्षण से लड़कियाँ उसके पास आती होंगी...वह अब जा चुका था। ऊपर से यह भी सुना गया था कि उसे रिटायर होने की तारीख को चार्जशीट मिली थी...मानो उसने कोई घपला किया था, उस पर बाकायदे केस चलेगा, वह लगाए गए अभियोगों का ही जवाब देता रहेगा। ऐसे ही गुजरेगी उसकी बाकी जिन्दगी ! रिटायरमेंट पर जो पैसा मिलता है, वह भी पूरा-पूरा नहीं मिला होगा...ऐसे में कौन देखेगा उसकी तरफ !

"आपको कुछ तो अन्दाजा होगा।"

वह कुछ नहीं बोली तो राहुल ने नन्दिनी के सवाल पर टिप्पणी जड़ दी।

"जब उसके खिलाफ शिकायतें आती थीं तो आप ही कहा करती थीं कि लोग शुक्लाजी से जलते हैं, झूठ ही शिकायतें करते हैं, अफवाहें फैलाते हैं।"

"और क्या कहती...तब वे नौकरी में थे। जिस पद पर थे उसके हिसाब से इनकी इज्जत बनाए रखनी थी। वे अपनी इज्जत के लिए कुछ नहीं करते थे तो मुझे करना था। रिटायर होने के बाद जरूर शुक्लाजी ने मेरे भाई से एक बार कहा था—अब तुम अपनी बहन को ले जाओ। हर किसी को एक समय ऐसा मिलना चाहिए जब वह जो चाहे, सो करे। इस उम्र में जब साठ छूने को आए...बताइए आप।" वह रुआँसी

हो आई।

माजरा जो था...वह कुछ साफ हुआ। जब तक नौकरी थी, शुक्ला पर लगाम थी। रिटायर होते ही वह छुट्टा है...वह यह महसूस करना चाहता था, उसके भी आगे इसे जीना चाहता था। भाग निकला...किसी को हवा भी लगने न दी।

जबर्दस्त कशिश रही होगी कि वह तीन ब्याहता बच्चों का बाप (शुक्ला के दो लड़कियाँ, एक लड़का था) अपने को सबसे काट यूँ निकल गया जैसे कोई नई उम्र का लड़का जिसका जबर्दस्ती विवाह किया जा रहा हो...वह भागता है। कशिश थी या कि मूर्खता...क्योंकि पत्नी भर से काटना नहीं था यह...अपनी लड़कियों, दामादों, उनके बच्चों, लड़का-बहू—सबसे काटना था, माने जीवन भर की कमाई से, पूरे समाज से काट लेना था। हिन्दुस्तानी आदमी अंग्रेज की तरह निकल गया...'वन फाइन मौर्निंग ! जब पैसे खत्म हो जाएँगे, जब बुढ़ापा दबोचेगा तब ? सोचता होगा, बुढ़ापा तो अभी दस बरस दूर है तब तक जी ले, जी भरकर।

"क्या आप सोचती हैं, वह किसी के साथ रह रहा है ?" राहुल ने सीधे-सीधे पूछा।

"वे अकेले रह ही नहीं सकते, जरूर किसी न किसी के साथ रह रहे हैं।" जिसके साथ मेरी वजह से या सरकारी नौकरी के डर से न रह पाते थे।"

"अगर यह है तो फिर आप खुद को क्यों गलाए दे रही हैं। उसे आपका खयाल नहीं, तो आपको उसका खयाल क्यों हो ?"

"जी मानता है क्या, छत्तीस साल का साथ हमारा...हम कभी दो चादर ओढ़कर नहीं सोए। साथ सब्जी लेने जाएँ तो शुक्लाजी मुझे सब्जी उठाने को मना कर देते थे, खुद उठाकर लाते थे..."

और वह फिर रोने लगी।

जिन्दगी उसके दुर्गुण छिपाते बिताई, वह चला गया तो अब उसकी हर चीज को याद करती रहना चाहती है। वह शुक्ला के गुण ऐसे गा रही थी जैसे मरने पर किसी को याद करते हैं !

एक बात की दाद देनी होगी—अपनी तरफ से शुक्ला सारी जिम्मेदारियाँ पूरी करके निकला—तीनों बच्चों की शादियाँ करा दीं, लड़का नौकरी में सैटिल हो गया। पत्नी के लिए भी सारे इन्तजाम कर दिए—फ्लैट, एक कार, उसके लिए वकालतवाली व्यस्तता भी, तीन दुकानें भी जिनका किराया पत्नी के लिए अतिरिक्त आय थी। पत्नी को कोई शिकायत नहीं होनी चाहिए थी...

लेकिन हर बार ऐसा ही क्यों होता है कि पुरुष निकल जाता है, नारी पीछे छूट जाती है...बिलखती, कराहती...हर चीज होते हुए भी लाचार, निराधार...उस एक वाहियात आदमी के बिना !

"अब कुछ करने का मन नहीं करता। घर एक आदमी के लिए कितना बड़ा है...सफाई, झाड़-पोंछा...क्यों किया जाए। एक व्यक्ति के लिए खाना बनाने में भी बड़ा आलस आता है...कोई फल-वल पेट के गड्ढे में डाल लिया।"

"आप तो यह सोचिए कि यह स्थिति आज नहीं तो कल होनी ही थी।" राहुल ने समझाने की कोशिश की, "सब कोई आखिर में दो रह जाते हैं...बुड्ढा-बुढ़िया। कुछ दिनों में एक रह जाता है। इसके यह माने तो नहीं कि खाना-पीना छोड़ दिया जाए।"

"मैंने हर स्थिति में उनका साथ दिया। ऑफिस से जब भी पूछताछ हुई, मैं आगे बढ़कर सँभालती थी, जोर देकर कहती—शुक्लाजी में कोई खोट नहीं है, होता तो मुझे न पता चलता ? मेरी बात सबको आश्वस्त कर देती थी। अभी भी बहुत कुछ हो सकता था—रिटायरमेंट के आखिरी दिन चार्जशीट देना...एक इसी बात पर हम हाईकोर्ट में 'रिट' दायर कर सकते थे। हम लड़ सकते थे...वे साथ रहते तो मैं काम ही आती उनके..."

शुक्ला कहाँ से साथ रहता...वह तो जाने कब से रिटायरमेंट की तरफ तक रहा था—नौकरी और पत्नी दोनों से एक साथ मुक्ति। वह जिस मदद की बात कर रही थी वह तो किसी से भी ली जा सकती थी रुपए देकर। शुक्ला अपने कम पैसों का सोचता या जो कम दिन बचे हैं उनका ? जितने रुपए हैं वे भले ही खर्च हो जाएँ, वह समय जाया नहीं करना चाहता था, जैसे रिटायरमेंट तक मजबूरन करना पड़ा था।

कोई बड़ी बात होनी चाहिए। वह दुःख जो शुक्ला ने पत्नी को दिया, वह दुःख जो माँ की हालत देखकर बच्चे भोग रहे होंगे...इन दुःखों के बराबर होगा क्या वह सुख जिसकी खातिर शुक्ला गया ? हो सकता है कोई बाध्यता हो...प्रेम, पर प्रेम में साथ रहना जरूरी तो नहीं, प्रेम तो कुर्बानी का रास्ता दिखाता है, प्रेम को जीने के तो कई और तरीके हो सकते हैं...और उस प्रेम से शुक्ला को इतनी हिम्मत मिलनी चाहिए थी कि वह पत्नी, बच्चों, दामादों, बहू...सबके सामने खुलेआम कह सकता। यह क्या कि चोरी से अज्ञातवास पर निकल गए।

राहुल के एक दोस्त के पिता एक शाम यों ही गायब हो गए थे। फिर कभी नहीं लौटे। बहुत ढूँढा, कुछ पता नहीं चला। वे दूसरों को अपने बोझ से मुक्त करने के लिए चले गए, शुक्ला की तरह नहीं कि खुद तो जाने किस रौनक में गए, पत्नी को बुढ़ापे और अकेलेपन में ढकेल गए।

"मैं चाय लाती हूँ।"

"अरे ! रहने दीजिए। ऐसे में अच्छा लगता है क्या।" नन्दिनी ने मना किया।

"अच्छा तो जीना भी नहीं लगता...पर जी तो रही हूँ..."

वह चाय बनाने उठ गई, पीछे-पीछे नन्दिनी भी किचिन में पहुँच गई। राहुल बैठक में अकेला छूट गया।

फ्लैट में सबकुछ करीने से लगा था...हमेशा की तरह, पर एक अजीब सूनापन वहाँ तैर रहा था। बहुत दिनों से बन्द घर को खोलो और एकाएक भीतर पैर रखो तो कैसे खिल उठता है घर। यहाँ वे तीन थे (एक तो हमेशा उसमें रहता था), सबकुछ साफ-सुथरा था, रोज घर के खिड़कियाँ-दरवाजे खोले जाते थे फिर भी जबर्दस्त वीरानी...जैसे कोई वहाँ सबकुछ बन्द करके किसी लम्बी यात्रा पर निकल रहा हो...सिर्फ बाहरी दरवाजा

बन्द करना बाकी हो।

"भाभीजी, आप अपने को सँभालिए, अपने स्वास्थ्य का खयाल रखिए...आपको कोई बीमारी लग गई तो कौन है आपके पास देखने को।"

नन्दिनी उसके पीछे-पीछे लगी समझाती जा रही थी। वह इस सबसे परे चाय, बर्तन, बिस्कुट कर रही थी, मशीनवत। उसकी उंगलियाँ ये सब कर रहे थे...जैसे कोई अँधेरे में भी वे काम कर लेता है जिसकी आदत होती है। जैसे वह काम कर रही थी वैसे ही नन्दिनी की बातें सुन रही थी...सुनी-अनसुनी करती हुई।

"क्या-क्या सोचकर इस फ्लैट में तब्दीलियाँ कराई थीं। इस कमरे में बच्चे रहेंगे जब वे आएँगे। यह हमारा बैडरूम होगा...इस कमरे को दफ्तर बना लेंगे...उनका दफ्तर। वे कंसलटैंसी भी करेंगे, सामने की बाल्कनी में पौधे ही पौधे होंगे, बैडरूमवाली बाल्कनी में बैठकर हम शाम की चाय पिया करेंगे...उनके रिटायरमेंट के बाद हमारे पास खूब वक्त होगा एक-दूसरे के लिए..."

कब वह ट्रे में चाय रखकर ले आई, सामने कप रखकर डालने लगी...उसे भी पता नहीं चला। वह जैसे ट्रांस में थी...सपने देखे जा रही थी अब भी...जबकि वह फ्लैट मुँह बाए खड़ा था। राहुल नन्दिनी के जाते ही उस अकेली की तरफ जीभ लपलपाने लगेगा...बड़ी-बड़ी लाल ईंटोंवाली जीभ। हम जीवन भर कितनी बेकार की चीजों में उलझे रहते हैं। उस समय लगता है वे कितनी महत्त्वपूर्ण हैं पर थोड़ा समय गुजरते ही वे कितनी बेकार की हो जाती हैं। घर...चीजें...लोग...सबकुछ। जो दिखता है—हम सोचते हैं वही है, पर वह दरअसल होता ही नहीं। होता है समय...जो दिखता नहीं। वह अब भी उन्हीं चीजों की लपेट पर लपेट खुद पर डाले जा रही थी...जो तब थीं अब नहीं। यादों और सपनों से खुद को छुड़ाने की बजाय वह उनसे खुद को और कसती चली जा रही थी।

"आप पढ़ी-लिखी हैं, वकील हैं।" राहुल का धीरज टूट गया तो उसने कहा—"जिसने आपके साथ यह सुलूक किया उसके लिए यों तरस रही हैं ? आप ठंडे होकर सोचें—विवाह एक करार है...दो लोगों का साथ रहने का समझौता। अगर एक व्यक्ति नहीं चाहता तो बस...बात खत्म। उसे भी अधिकार है, आपको भी..."

मुश्किल यही थी कि हिन्दुस्तानी विवाह कम्बख्त करार के आगे भी कुछ था...एक बुरी आदत, एडिक्शन ! तभी तो राहुल की बात को साफ दरकिनार कर वह अपनी रौ में चलती चली गई।

"आप नहीं कुछ अपने पुराने विभाग से पता कर सकते ? आखिर जो कार्यवाही उनके खिलाफ चल रही है उसकी खतोकिताबत किसी पते पर तो हो ही रही होगी ?"

"आपने पुलिस में लिखाया था ?" राहुल ने प्रतिप्रश्न कर डाला।

"पुलिसवालों पर जब तक ऊपर से कुछ दबाव न पड़े वे कुछ नहीं करते। उल्टे आएँगे तरह-तरह की पूछताछ करने, मुझे ही घेरेंगे। यह स्टेटमेंट, वह स्टेटमेंट लेंगे और अजीब घिनौनी हँसी हँसेंगे...मेरा तमाशा बनाएँगे ! एक बार पता मिल जाए..."

"उससे क्या होगा। जो यह जिद ठान बैठा है कि उसे साथ नहीं रहना, उसे

जबर्दस्ती तो यहाँ लाया नहीं जा सकता, ले भी आएँ तो रोककर रखा नहीं जा सकता। वह कोई बच्चा तो है नहीं।''

राहुल के स्वर में झुँझलाहट उतर आई थी ? वह पढ़ी-लिखी है, आर्थिक रूप से शुक्ला पर आश्रित नहीं है, वकील है...क्यों भीख माँगती है उससे जिसके मन में उसके लिए कुछ नहीं है, जो उसे छोड़कर चला गया, वह भी क्यों किसी के साथ नहीं रहने लगती। नारी हर स्थिति में लाचार क्यों है...

''निकालिए उसे अपने दिमाग से बाहर। मान लीजिए कि शुक्ला संसार में नहीं हैं...'' वह कड़ुवाहट में बोल गया।

''कैसे मान लूँ जबकि वह संसार में हैं, सारी दुनिया जानती है कि हैं। आप नहीं सोच सकते ऐसे में स्त्री की क्या हालत होती है। वाचमैन, लिफ्टमैन, दूधवाला, सब्जीवाला...सब कैसी सवालिया, मजाकिया नजरों से घूरते हैं मुझे। मुझे अकेला रहते जानकर मनचले कैसे इशारा करते हैं। कहीं जाओ तो वही सवाल—'भाई साहब ?' मेरा कहीं आना-जाना, उठना-बैठना सब बन्द हो गया है। काम लेकर कचहरी भी जाऊँ तो मुँह छिपाते घूमना होता है।''

जैसे वाद्य के तार को कोई पूरा खींचकर छोड़ दे और एक झनझनाहट हवा में तैरती रह जाए। सब उसके नीचे आ दबे थे, वह भी। किसी के मुँह से कुछ नहीं निकला...

तो यह था...शुक्ला दिवंगत हो जाता तो सबको भी यह पता रहता। उसकी पत्नी की नई जिन्दगी शुरू हो सकती थी। वह तो जाकर भी पीछे छूटा हुआ था, गायब होकर भी उसे जकड़े हुए था...जैसे कोई जंगली लत्तर लिपटकर पौधों को खाती है, लाख निकालो वह फिर बढ़ने-चिपकने लगती है।

''बच्चों की क्या राय है ?'' नन्दिनी ने ही सन्नाटा तोड़ा।

''वे सब मेरी तरफ हैं। सब कहते हैं कि उनके साथ रहूँ...और नहीं तो बारी-बारी से ही...लेकिन यह फ्लैट शुक्लाजी के नाम है, जिस दिन मैंने छोड़ा शुक्लाजी इसे बेच देंगे...मैं जानती हूँ। फिर उन्हें पैसे की क्या कमी, सारी जिन्दगी ऐश ही ऐश !''

कुछ समय पहले का रोना, शुक्ला के गुणों का बखान...उसका कोई तालमेल इस हिसाबी-किताबी सोच से नहीं बैठ रहा था। शायद यह वकील था जो बोल रहा था। उसके भीतर बदले की भावना पनप रही थी। शुक्ला को रोका नहीं जा सकता तो कम से कम उसके रास्ते को मुश्किल तो बनाया जा सकता है। कितनी जटिल चीज होता है आदमी।

''मुन्नू को विदेश जाना है, वह कहता है—मेरे साथ विदेश चलो...''

विदेश ! हिन्दुस्तानी के लिए हर मर्ज की दवा विदेश है...वहाँ जो बाहर वीरानी फैली रहती है उससे मिलकर उसकी भीतर की वीरानी साँय-साँय करेगी, पागल कर देने की हद का अकेलापन होगा वहाँ। क्या करेगी वहाँ यह...राहुल के भीतर मरोड़ें उठ रही थीं...

कुछ महीनों पहले तक जो अपने आपमें पूरी समर्थ, एक अपने दम पर घर-गृहस्थी चलानेवाली औरत थी वह ऐसी असहाय निकल आई थी जैसे अस्सी पार हो और बच्चे यह तय कर रहे हों कि वह किसके पास रहे, जैसे किसी भयंकर बीमारी की चपेट में हो, किसी तरह साँस लेते रहने के अलावा उसकी जिन्दगी में कोई और काम नहीं बचा हो। एक आदमी क्या गया, जैसे पूरी जिन्दगी ही निकाल ले गया भीतर से...वह आदमी जो तुम्हें चाहता भी नहीं था...

"आप अपने विभाग से पता लगवा दीजिए—" उसका स्वर मरा-मरा-सा था—"मैं उन्हें समझा लूँगी। वे भले ही कहीं रहें, बस आते-जाते रहें यहाँ, ताकि यहाँ के लोगों की नजरों में मैं न गिरूँ, उनके ऊटपटाँग सवालों का शिकार न बनूँ..."

"हमेशा की तरह आप फिर उनकी गलतियों को ओढ़ने जा रही हैं। गलत काम करे वह और लोगों की नजरों में गिरें आप !"

और पता नहीं कैसे, सहसा ही राहुल तेज पड़ गया—

"वह तो चला गया और आपने अपने आपको अधमरा डाल रखा है। क्यों नहीं आप ऐसी औरत हो सकतीं जो सबको ठेंगा दिखा दे...लोगों को, शुक्ला के जाने को भी। जहाँ चाहे, हँसती, चहकती घूमती फिरें, हर जगह उठें, बैठें, ठहाके लगाएँ, अपने काम में व्यस्त रहें, नए-नए कामों के लिए ललक हो...जिन्दगी के लिए उत्साह से भरी...क्यों नहीं हो सकता ऐसा। मरा कोई और—और मुर्दा हो गईं आप ! शुक्ला इसके काबिल है, कभी था ? आप इस पर सोचिएगा।"

"हम निकलेंगे, एक जगह जाना है....चलो नन्दिनी।"

राहुल उठ खड़ा हुआ—झुँझलाया, खार खाया। पीछे से नन्दिनी धीरे-धीरे। कुछ पलों तक वह उसी तरह बैठी रही...निश्चेष्ट, निस्पन्द...जाने किस संसार में खोई। फिर उठी, रुकने या थोड़ा और बैठने के लिए उसने नहीं कहा, औपचारिकतावश भी नहीं। उल्टे विदा करनेवाली मशीनी मुस्कान चेहरे पर डाल ली, जैसे कह रही हो...'तुम लोग भी अपने मन की कहकर चलते बने, सभी आकर सलाहें दे जाते हैं, कोई नहीं जो कुछ करे...जाओ, तुम भी जाओ...'

बाहर सफेद दीवार पर लोहे की छड़ें चिपकी हुई थीं। लोहे के दरवाजे ! एक पहले से ही बन्द था, दूसरे को खींचकर वह लकड़ी के दरवाजे के ऊपर, अपने ऊपर कर लेगी।

(जनवरी 1999)

लहर

'हलो ! मैं तुम्हारे शहर से ही बोल रहा हूँ। दो-तीन दिनों के लिए आया हूँ। क्या हाल हैं, तुम लोगों के ?''

उधर फोन रश्मि ने नहीं, उसके पति सर्वेश ने उठाया था। ''सब ठीक है, रश्मि ही थोड़ा बीमार पड़ गई है।'' सर्वेश ने कहा।

''अरे, क्या हुआ ?''

''कुछ खास नहीं। वही कुछ स्त्रीजाति सम्बन्धी...गायनोकोलोजीकल।''

सर्वेश इतना सामान्य ढंग से ले रहा था, करीब-करीब लापरवाह। साथ रहने की यही दिक्कत है—हर चीज़ कितनी साधारण, कितनी मामूली हो जाती है...जब कि सुनते ही मेरे भीतर तिलमिलाहट उतरती चली गई...कहीं यह किसी बड़ी बीमारी की शुरुआत तो नहीं, कहीं उसे लम्बे समय तक हस्पताल न रहना पड़े, कहीं वह असमय...

मेरा यह अनाप-शनाप सोचना भर नहीं है। रश्मि कुछ ज्यादा ही बीमार रहती है। जब से उससे मुलाकात हुई वह रुक-रुककर बीमार ही चलती रहती है। बीमारी के दौरान ही अक्सर मैं उसके पास जाकर बैठ जाता, इधर-उधर की, दूर-दुनिया की हल्की-फुल्की बातें करता। रश्मि आसानी से किसी से खुल नहीं पाती थी। दिखने में शर्मीली और शान्त...लेकिन थोड़ा परिचित होते ही दिखाई दे गया था उसके भीतर चलता सतत तूफान, जिसे वह किसी तरह प्रकट न कर पाती। उसकी भवें पानी में उछलती छोटी-छोटी मछलियों की तरह उचक-उचक पड़तीं...जैसे जो लहरें भीतर उठकर उसके चिकने साँवले चेहरे पर थपेड़े मारती थीं, उन्हें वहीं रोककर वह वापस भीतर की तरफ ठेलने की कोशिश करती...जहाँ से वे उठती थीं। भीतर का तनाव फिर निकलता था बीमारियों में—कभी बेवजह लगातार सिरदर्द, कभी गला चोक, कभी बुखार, कभी खूब ब्लीडिंग, कभी ब्लडप्रेशर भी...

थोड़ा परिचय बढ़ने के बाद वह मेरे पास अकेले होते ही धाड़धाड़ रोने लगती थी। वजह पूछो तो कुछ न कह पाती...बस रोती, रोती चली...बेआवाज। पता नहीं कहाँ से आँसुओं के पनाले उमड़े चले आते, गालों पर धारें बहतीं, अनवरत। एक बार ऐसी ही धारों के बीच रोते-रोते उसने अपनी कहानी मुझे सुनाई थी...तब जब वह मुझे अपना अन्तरंग मानने लगी थी।

रश्मि का पहला पति बड़ा क्रूर और जालिम था। रश्मि को देखते ही उसके भीतर

बैठा हिंसक पशु जैसे गुर्राकर जाग उठता और उसे दबोचने दौड़ पड़ता। साधारण बातचीत में भी वह रश्मि को तरह-तरह से नीचा दिखाता...उसे इस-उस तरह महसूस कराता कि वह स्त्री थी, आदमी से हीन कोई चीज, एक कमजोर जानवर। रश्मि का शरीर उसे अजीब तरह से उकसाता था और वह उसे पीस डालने पर उतारू हो जाता। इसमें उसे अपनी मर्दानगी की प्रतीति होती...बड़ा सुख मिलता। रश्मि के भीतर डर पैठ गया था। कैसे थे वे दिन...जब रह-रहकर यों ही बैठे-बैठे भीतर थरथराहट उठ बैठती थी...जैसे मलेरिया में शरीर थरथर-थरथर, धड़धड़-धड़धड़ करता है। आज भी याद आते ही कँपकँपी छूटने लगती है।

किसी तरह तलाक मिला, न मिलता तो वह तभी, वहीं मर गई होती। तलाक के बाद भी रश्मि को डर रहता कि उसका पति कब सामने दिख जाएगा। कब गुंडई पर उतर आएगा...उसे दबोच लेगा जैसे कोई जबर कुत्ता कमजोर को दबोच डालता है। रश्मि को सुरक्षा चाहिए थी तो उसे जैसे ही सर्वेश मिला और उसने विवाह का प्रस्ताव रखा, रश्मि ने मंजूर कर लिया। न कुछ जाँचा-परखा, न नापा-तौला...जबकि एक कटु अनुभव के बाद उसे यह करना चाहिए था।

सर्वेश शरीफ था, सुसंस्कृत...अपनी सुसंस्कृति में ही तृप्त। जैसे और किसी की ज़रूरत ही नहीं। स्वभावतः बड़ी कुशलता से सारे काम—बच्चों को पढ़ाने से लेकर बिजली का बिल जमा करने तक रश्मि की तरफ सरकाकर वह अपनी सुसंस्कृति में घुस जाता है और जैसे वह पत्नी नहीं, एक शिक्षित नौकरानी ले आया था जिससे मीठे-मीठे वह काम कराता, खुद अपनी दुनिया में व्यस्त। गुस्सा बहुत तेज है उसका, पतिवाला गुस्सा है वह...मालिकाना, कड़ुवा। उसे शान्त करने का एक ही तरीका ढूँढ़ पाई है रश्मि...उसे चुपचाप झेले, गुजर जाने दे। बाहर से उनके दोस्ताना सम्बन्ध हैं—रश्मि पति को 'सर्वेश' कहकर बुलाती है, तुम करके बात करती है, दोनों उस आधुनिक खूबसूरत भ्रम को पाले हैं कि वे एक-दूसरे के साथी हैं, बराबरी की हिस्सेदारी है उनके बीच, वे शिक्षित लोग हैं और दोनों को ही अपने व्यक्तित्व के विकास का मौका है उस सम्बन्ध में...पर नीचे, बहुत नीचे कहीं उस अहसास का दावानल है कि सर्वेश ने विवाह कर रश्मि पर अहसान किया है और रश्मि भी चाहे जितना भूले, अनुगृहीत है, उपकृत है...नहीं है तो होना चाहिए।

जीवन में कठोर ही कठोर देखा था रश्मि ने...शायद इसीलिए थोड़ा भी सुन्दर, कोमल का साक्षात्कार, स्पर्श...उसकी रुलाई का बाँध तोड़ डालता। वह खूब रोती। मेरी सान्त्वना और स्नेह का स्पर्श उसे धीरे-धीरे सामान्य करता।

जैसे एक घायल पक्षी मेरे पास आ गया था। वह अक्सर कहती—"पहले कभी किसी ने मुझसे इस तरह बातें नहीं कीं। मैं सोच ही नहीं सकती थी कि ऐसे भी बातें की जा सकती हैं किसी के साथ...इतने कोमल ढंग से। इतनी करुणा से जीवन के बारे में किसी ने नहीं समझाया...मैं जीना सीख रही हूँ।"

ज्यों-ज्यों हम दोनों करीब आते गए, रश्मि का रोना कम होता गया था। उसमें

उत्साह का संचार हो रहा था। यह वह समय था जब एक जीव दूसरे से खुलता है...तो जैसे ब्रह्मांड ही अपने कपाट खोल देता है...आओ, भीतर आओ, आलोकित होओ मेरी विराटता से, मेरी गहराइयों में उतरो, रोजमर्रा की जिन्दगी से ऊपर उठो...

और दो जीवन एक-दूसरे की भावनाओं की सीढ़ियाँ चढ़ते हुए उठते चले जाते हैं, उठते चले जाते हैं...अपने से ऊपर, बहुत ऊपर वहाँ जहाँ आत्मिक का आरम्भ होता है। दोनों महसूस करते हैं कि यह जो उनके बीच बन रहा है, पहले कहीं नहीं था। यह कितना दुर्लभ है, कितना महत्त्वपूर्ण। इस अन्तरंग संसार के सर्जक हम स्वयं, उसके पात्र हम खुद...सोच-सोचकर गर्व से भर उठता है मन, क्षण-प्रतिक्षण...भीतर से उठता है एक प्रकाश जो बाहर निकल सबकुछ आलोकित कर देता है...

''और आपके क्या हालचाल हैं ?'' सर्वेश बातें करना चाहता था...अपनी बातें, जबकि मैं रश्मि की बीमारी को सुनकर एकाएक बहुत चिन्तित हो गया था, उसके बारे में जानना चाहता था।

''रश्मि क्या कर रही है ?''

''सो रही, है, दवा खाकर। मैं कह दूँगा, जब उठेगी। और...?''

''ठीक है। मैं बाद में फोन कर लूँगा।''

शाम को फोन किया तो रश्मि ने ही उठाया। उसकी आवाज बहुत धीमी थी—''हलो, मैं बोल रही हूँ।''

''तुम्हारे पास इस समय कोई और है क्या ?''

वह डरी हुई दिखती थी।

''नहीं। तुम्हारा पिछला पत्र जब आया था तब मैं बीमार थी, सर्वेश ने लैटर बॉक्स खोला और पढ़ लिया।'' फिर बोले—'सौरी ! मैंने सोचा था—तुम्हारे बाबूजी का पत्र है, इसलिए खोला और पढ़ लिया।' जब बच्चे सो गए तो देर रात तक बातें करते रहे...पत्र की एक-एक लाइन को लेकर पूछते थे—इसका मतलब ? मतलब तुम लोगों के बीच...?''

ताज्जुब कि यह सब हो चुका था और सर्वेश ने फोन पर मुझे हवा तक न लगने दी। वैसे यह पहली मर्तबा नहीं था कि उसे हमारे सम्बन्ध की गहराई के बारे में पता चला हो। एक बार उसने चिट पढ़ ली थी जो रश्मि मेरे लिए लिखकर ला रही थी। उसके पर्स में पड़ी थी। वह बाथरूम गई और सर्वेश ने निकाल ली—''सौरी ! मैंने कुछ रुपए निकालने के लिए पर्स खोला था।'' तब भी उन दोनों के बीच लम्बी बातचीत हुई थी। उस समय रश्मि ने साफ-साफ कहा था—''हमारे बीच शरीर कहीं नहीं है, कुछ भी गलत नहीं है, यह वह सम्बन्ध है जिस पर गर्वित हुआ जा सकता है, मैं कितना सीख रही हूँ...''

तब बात वहीं छोड़ दी गई थी...लेकिन अब तक सर्वेश इस बात को ढोते-ढोते शायद थक आया होगा कि रश्मि के किसी और के साथ भी सम्बन्ध हैं...भावनात्मक ही सही लेकिन वह भी पति के अलावा किसी और से क्यों हों ? उसे जो कुछ मिले, वह पति के माध्यम से ही मिलना चाहिए। वह रश्मि में इस या उस तरह अपराध-बोध पनपाता रहा था, जबकि करीब-करीब डिप्रेशन में रहनेवाली लड़की के लिए वह कितना हानिकारक था। रश्मि के स्वास्थ्य का वह कहाँ से सोचता, जबकि चोट उसके अपने अहं को लगी थी। पहले जहाँ रश्मि की चिट थी, वहाँ अब मेरा खत था...पूरे तीन पेज का।

"कहते थे अगर मेरा किसी से इस तरह का सम्बन्ध हो तो ?" रश्मि आगे कह रही थी, काफी टूटी हुई लग रही थी।

वही अपराध-बोध को गहराने की बात...वरना ऐसे सम्बन्ध रास्ते में पड़े मिल जाते हैं क्या। सबकी वह जरूरत भी कहाँ होती है, सर्वेश की थी क्या ?

"तुमने क्या कहा ?" मैंने पूछा।

'मैं क्या कहती।"

मात्र वे तीन शब्द...उनमें रश्मि का प्रेम, उसकी फड़फड़ाहट और पस्ती—सभी उतरा आए थे। उसकी आवाज बहुत भीगी हुई थी...जैसे जिन्दगी ढकेलते-ढकेलते उसे उस बिन्दु पर ले आई थी जहाँ पस्त हो, आँखें मूँद, खुद को छोड़ देने के अलावा कोई और चारा नहीं था।

"तुमने सर्वेश को यह नहीं समझाया कि हर सम्बन्ध की एक अलग 'शेड' होती है। हमारा सम्बन्ध पति-पत्नी के सम्बन्ध की जगह लेने नहीं आया, उसे पुख्ता करने आया है। घर में एक और दोस्त, आत्मीय। दूसरे, स्वस्थ, उत्साहित, और खुश रहना तुम्हारा हक है। आदमी इन चीजों को पाने के लिए क्या-क्या उपाय करता है। अगर तुम्हें ये चीजें हमारे सम्बन्ध से मिलती हैं तो इससे परहेज क्यों ? तुम स्वस्थ, उत्साहित रहोगी तो इसका फायदा तुम्हारे परिवार को भी मिलेगा।"

रश्मि कुछ नहीं बोली। शायद वह सर्वेश से कई दिनों पहले हुई बातों से अब भी जकड़ी हुई थी।

"सुनो, ये लम्बी बातें हैं, फोन पर नहीं हो पाएँगी। क्या हम कल नहीं मिल सकते हैं ?" मैंने कहा।

"कल ? पता नहीं...कल दफ्तर भी है। क्या फायदा, मैं तुम्हें नहीं समझा पाऊँगी।"

"चलो, कल तय करेंगे। मैं फोन करूँगा। फिलहाल अच्छे से रहना...हल्की।"

क्या वह हल्की रह सकती है ? बेचारी एक साथ कितनी विपरीत दिशाओं में खींची जा रही है। सर्वेश कहता है कि वह कितना साफ-सुथरा और चरित्रवान है और रश्मि...? मैं कहता हूँ कि मैं उसे इतना चाहता हूँ, इतना...और रश्मि ? और रश्मि की खुद से आकांक्षा ?

वह चाहती है कि उसका अपना निजी सोच हो, वह उसके अनुसार काम

करे...पर यह पुरुष-प्रधान समाज उसे अपनी सोच के लायक रखता ही कहाँ है—कैसी सभ्य-सभ्य मार पड़ती है उस पर। हमारी ये बड़ी-बड़ी बातें कैसी गुलामी में जकड़कर रख देती हैं उसे। एक बार विवाह हो गया तो लड़की लाख पढ़ी-लिखी हो, कमाऊ हो, आत्मनिर्भर हो, सबसे पहले वह गृहस्थिन है जिसे पति, घर और बच्चों के लिए होम होना ही है। उसकी अपनी जिन्दगी कुछ नहीं।

क्यों नहीं मैं ही रश्मि को इस खींचतान से मुक्त कर उसे घर की सुरक्षा के सुपुर्द कर देता। अगर उसका जीवन घर-दफ्तर, दफ्तर-घर के सींखचों के अन्दर ही सुखी है, तो उसे वहीं छोड़...मैं ही क्यों न परे हट जाऊँ। पर वह वहाँ सुखी नहीं है...मैं जानता हूँ। उस तरह बन्द-बन्द रहते हुए वह घुटती है भीतर-भीतर। उसे अपना जीवन खोलने के लिए कुछ चाहिए...

दूसरे दिन जब मैंने उसे दफ्तर में फोन किया तो उसकी आवाज़ और दबी हुई थी, जैसे वह रात भर सोई न हो, भयंकर तनाव में इधर-उधर खींची जाती रही हो। वह बहुत थकी लग रही थी। परेशान थी—घर से, सर्वेश से, मुझसे—सभी से। उससे मिलने का मेरा उत्साह बुझने लगा। जो बहुत तंग हो, उसे और तंग क्या करना। मैं क्या बातचीत करूँगा—उसे अपने दृष्टिकोण की तरह खींचूँगा, तर्क दूँगा...एक पर एक...जैसे सर्वेश करता है। यह उसके द्वन्द्व को और बढ़ाएगा ही। फिर भी मेरे मुँह से निकल गया, आदतन...

"क्या हम कहीं मिल सकते हैं आज ? कल बड़े सुबह मुझे चले जाना है।" मैंने कहा।

"दफ्तर में काम बहुत है। मैं आज सारे काम निपटा लूँगी तो कल शिवरात्रि का व्रत ठीक से कर सकूँगी।" उसने कहा, पस्त-पस्त।

पुराने समय में कोई लड़की हाथ में नारियल पकड़े...खाली निगाहें सामने आसमान पर टिकाए सती होने को निकलती थी वैसी ही। रश्मि इतनी पूजा-पाठवाली लड़की नहीं थी। मैं उसे देख नहीं रहा था...पर देख सका। आँखें ऐसी जैसे वह भाव में हो..."डेज्ड"।

यह पहला मौका था जब मैं उसके शहर आया था और उससे बिना मिले चले जानेवाला था...बात बहुत तकलीफदेह थी। मिलना दूसरी वजह से भी जरूरी था—मुझे पता तो चले कि आखिर वह क्या था जो उसके भीतर उमड़-घुमड़ रहा था। मैंने थोड़ी जिद की तो वह तैयार हो गई, बेमन से तो नहीं, बेजान से।

ठीक वही आँखें जो मुझे फोन पर दिखाई दी थीं...दूर देख रही थीं, पर जो कुछ भी नहीं देखती थीं। वह मेरे सामने बैठी थी, पर जैसे वहाँ नहीं थी। हम समुद्र किनारे एक रेस्तोराँ में थे। काँच के पार ताड़ के पेड़ स्थिर खड़े थे, पीछे समुद्र था...निश्चल-सा पड़ा हुआ, कोई आवाज़ नहीं आती थी।

"अपना स्त्री होना बहुत खराब लगता है..." वह कह रही थी—"मैंने खुद को क्या बना डाला है। कभी-कभी लगता है जैसे मैं हूँ ही नहीं...लत्ता हूँ, हवा का कोई गड्ढा

हूँ। तुम्हारे बाकी खत भी सर्वेश ने अपनी आल्मारी में बन्द कर लिए हैं कि मैं फिर से न पढ़ सकूँ।"

"यह तो दूसरे को गुलाम बना डालना हुआ। देखो...तुम एक साधारण स्त्री नहीं हो। पढ़ी-लिखी हो, कमाती हो। तुम्हारे एक पृथक जीव होने, पढ़े-लिखे होने का तकाजा है यह कि तुम्हें स्वतन्त्रता हो...अपने सम्बन्ध बनाने की भी। तुम्हारा अपना सोचना होना चाहिए, किसी और का नहीं जो तुम्हारे जीवन को चलाए। कुछ ऐसा हो जो तुम अपने लिए, सिर्फ अपने लिए करो...जहाँ तुम सिर्फ अपने लिए जिओ।"

"यह जरूरत मैं महसूस करती हूँ। तुम्हारे साथ रहकर मैं थोड़ा बहुत खुद को जान पाई। दो अलग-अलग जीव एक-दूसरे को कितना कुछ दे सकते हैं, ले सकते हैं...यह महसूस किया। उसकी तृप्ति मिली...लेकिन 'गिल्ट' भी महसूस करती हूँ।"

"किस चीज को लेकर ?"

"पति के अलावा किसी से सम्बन्ध का।"

"यह गिल्ट हम भारतीयों में बड़ी जल्दी उग आता है और तब जाता है जब जिन्दगी ही जा चुकी होती है। अच्छा एक बात बताओ। एक बार शादी हो गई...कैसी भी, उसके बाद प्रेम क्या हो ही नहीं सकता ? क्या किशोरावस्था के बाद होना ही नहीं चाहिए ? अगर उस उम्र के बाद होता है तो विवाहित-विवाहिता से ही तो होगा...और क्या यह हमारे हाथ में होता है कि प्रेम इससे हो, उससे न हो...?"

"मुझे रोकना चाहिए था खुद को..." उसने कहा, "पर घर की घुटन, अपने में कुछ ढूँढने की प्यास...मैं कुछ थी ही नहीं।"

वह रुआँसी हो आई, उसे और शब्द नहीं मिले। ऐसा अक्सर होता था—वह टटोलती रह जाती थी। उसका सोच आकार लेते-लेते रह जाता, उठते आँसू सब गीला कर देते...कुछ भी साफ न हो पाता। सब गले की रुँधाई में फँसकर रह जाता था।

"हम दूसरों के कहने पर कुछ करें जैसे तुम मेरे या सर्वेश के कहने से कुछ करो...या हम मशीनी ढंग से कुछ करते चलें, जैसे तुम शिवरात्रि का व्रत रखती हो... उनके विपरीत जब हम वह करते हैं जो हमारे अपने निजी विचार, हमारे विश्वास तय करते हैं तो माना जा सकता है कि हम एक व्यक्ति हैं, स्वतन्त्र हैं। तुम्हें इस धरातल पर आना चाहिए..."

वह सुन रही थी पर थकान बार-बार आकर उसकी पलकों को झुका देती...जैसे थका-हारा कोई व्यक्ति सामने पहाड़ देख रहा हो जिसके पार उसे अभी जाना भी था। वह कुछ सोच नहीं पा रही थी।

"ये बातें कहने में अच्छी लगती हैं। हमारे यहाँ लड़कियों को सिर्फ निर्वाह करना होता है।"

"जिस चीज पर जीना टिका हो...जिससे जीने में मदद मिलती हो उसे तो पहचान सकती हो तुम ? वह ज्यादा जरूरी है या निर्वाह करना। निर्वाह हम तभी तो कर सकेंगे जब पहले जिएँ।"

हँसी का एक छोटा-सा टुकड़ा उसके होंठों से फूट पड़ा...जिसके पीछे अथाह रोना छिपा था। पुराना वक्त होता तो वह मेरे सामने बैठ खूब रोती, रोती चली जाती।

वह कुछ तीखा पड़कर बोली—"किस जीने की बात करते हो तुम। हमारे यहाँ साँस लेते रहना ही जीना है। उसके आगे किसे मतलब है ! यहाँ तो ऐसा व्यक्ति चाहिए जो बस चले, चलता रहे, रोज-रोज उगती आती जिम्मेदारियाँ निभाता चले...शरीर और दिमाग से इस लायक बना रहे...बस।"

मेरे सामने कोई जीवित व्यक्ति नहीं था...एक कुचली हुई महिला थी—आधा पहली शादी ने कुचल दिया था, आधा इसने। जैसे उसका पुराना डर जाग गया था। वह डरती थी—पता नहीं सर्वेश से, उसके गुस्से से या कि भविष्य से...

उस चलते-फिरते मृत व्यक्ति में जीवन-संचार कैसे हो ?

मेज पर फैली उसकी हथेली पर मैंने अपनी हथेली रख दी। वहाँ कोई हरकत नहीं हुई...बेजान-सी वह पहले की तरह पड़ी रही। थोड़ी देर में उसने अपना हाथ खींच लिया। "तुम मेरे बारे में चिन्ता न किया करो।" सूखे-सूखे उसने कहा। सूनी आँखों से वह सामने देख रही थी।

हम किसी के लिए प्रेम महसूस करें—यही कितना मुश्किल है। वह हमारे लिए महसूस करे यह और भी मुश्किल। और वह समय जब दोनों एक-दूसरे के लिए बराबरी से महसूस करते हैं...वह समय कितनी कम देर को ठहरता है। उस थोड़े से समय में ही हम खड़खड़ाने लगते हैं—जैसे कोई अवांछित व्यक्ति घर के भीतर घुस आया, हमारी सुरक्षा को खतरा पैदा हो गया।

"मेरी अपनी जिन्दगी तो खत्म हो चुकी..."

"अभी से...अभी तो तुम चालीस की भी नहीं हुईं।"

"हाँ...किसी-किसी की चलना ही नहीं शुरू करती।"

"यह तुम्हारे हाथ में है कि वह चले...

"मेरे हाथ में अब सिर्फ यह है कि मैं अपनी दो बच्चियों को अच्छी तरह पाल सकूँ। मुझे उनके लिए जीना है..."

जब हम अपनी जिन्दगी में कुछ नहीं कर सके तो बच्चों की जिन्दगी में क्या कर सकेंगे...जो हमारी जिन्दगी में नहीं हो सका उसे बच्चों की जिन्दगी में होते देखने की चाह...सपने, इन्हीं सपनों पर अपनी जिन्दगी को लटका देना, उसे सूली पर लटका हुआ देखते-देखते जीना...

उसने तय कर लिया था। और क्या करती...हिम्मत थोड़ी बहुत थी तो पहली शादी से निकलकर बाहर आ सकी थी। अब नहीं बची थी...दो लड़कियों को लेकर कहाँ जाएगी अकेली वह...जल्दी ही वे लड़कियाँ बड़ी हो जाएँगी...और यह भेड़िया समाज। अपनी भावनाओं को होम कर देना आसान था, लड़कियों को सुरक्षा देना कितना मुश्किल।

"तुम्हें गिल्ट बहुत सताता है। तुम्हारी अन्तरात्मा इस बात के लिए भी तो कचोट

सकती है कि जो तुम्हें चाहता था, जिसे तुम चाहती हो...उससे तुमने यों काट लिया खुद को।''

''मैं अपने-आपको तकलीफ दे सकती हूँ, मेरी अपनी जिन्दगी है।''

''दूसरे की भी तो है। उस तरह एक के साथ ज्यादती है, यों तुम दो के साथ ज्यादती करोगी—एक खुद के साथ, एक मेरे साथ।''

उसने आँख उठाकर एक बार मेरी तरफ देखा, भरपूर...खूब गहरे। देखते-देखते उसकी आँखें जैसे झप आईं...थकान की पसरती हुई लहर आई और मेरे सवाल को लपेटकर ले गई।

बाहर ताड़ के पत्ते हवा में छरछरा रहे थे। बड़े-बड़े पत्तों की छाया रेस्तराँ के काँच पर मँडराती, हिलते हुए पत्ते उस तरफ आते जिधर हम बैठे हुए थे तो उधर अँधेरा-सा छा जाता। लगता जैसे घरघराहट काँच को भेदकर भीतर घुस रही हो। घरघराहट हमारे रोओं में धँसती थी, गड़ती थी। पीड़ा में हम चुप थे...चुप ही रहे।

''चलूँगी''—थोड़ी देर में उसने कहा—''सर्वेश की माँ की तबीयत खराब थी। उन्हें देखने सर्वेश को जाना था, हम सब गए थे, लखनऊ। बच्चे पन्द्रह दिनों तक स्कूल नहीं जा सके। टीचर ने पैरैंट्स को बुलाया है।''

मैं जानता था...सर्वश जहाँ कहीं भी जाता पूरे परिवार के साथ जाता था, उसे ऐसे ही अच्छा लगता था। अब टीचर ने तलब किया है तो रश्मि जाए स्कूल, समझाने।

वह उठ खड़ी हुई, सामने जो था वह करने के लिए, उस करने में खुद को डुबो देने के लिए। एक के बाद एक काम में खुद को डाले रहो तो कुछ सोचने की जरूरत महसूस नहीं होती। अपने बारे में सोचना, महसूस करना...यह सब रूमाल में बाँधकर तालाब में फेंक देगी वह।

''अकेला महसूस मत करना। तुम जब बुलाओगी, मैं आ जाऊँगा।''

''मैं नहीं चाहती कोई मेरे लिए परेशान हो।''

''कोई''...मैं चौंका। सामने जो खड़ी थी उससे मैं एकदम अपरिचित था जैसे। एक बार जब हमारे अलग होने की बात कहीं से यों ही उठ आई थी...तब रश्मि भीगे-भीगे बोली थी—'तुमसे कभी अलग हो सकती हूँ क्या ?' वह एकाएक कितना बदल गई थी...नहीं, जीवन में मेरे आने से जो बदलाव उसमें आया था उसे फेंक वह वापस अपने पुराने चोले में पहुँच गई थी।

जिस रास्ते हम कितनी बार देवत्व की ऊँचाइयों तक उठ सके थे, जो जीवन को सहने की शक्ति और अपना श्रेष्ठ उभारने की प्रेरणा देता था...रश्मि ने उसे बाहर यों फेंक दिया जैसे दूध से मक्खी को फेंकते हैं...वापस घर-दफ्तर, दफ्तर-घर में खुद को झोंक देने के लिए।

जाओ, मित्र जाओ। लम्बी पसरी जिन्दगी में कुछ अच्छी चीजें, कुछ बहुत मीठे क्षण दे गए तुम। यही क्या कम रहा। जीवन की झोली में कहाँ कुछ ठहरता है, जो तुम ठहरते। एक ही काम तो है जो हम ता-जिन्दगी करते रहते हैं...प्लेटफार्म पर खड़े होकर

लोगों को विदा करना...किसी को जीवन के पार, किसी को जीवन के भीतर ही...जब तक एक दिन खुद भी विदा नहीं हो जाते।

"भूल जाओ," उसके मुँह से धीमे से निकला...लपेट में, गीला-गीला, और वह निकल गई...धारा में प्रवाहित दीये की तरह। पीछे छूट गया मैं। भीतर एक दर्द कलथता, आत्मा को छीलता हुआ...

जैसे चाकू का फल पानी में लहराता है।

(अप्रैल 1999)

साधें

समय के जिस बिन्दु का इन्तजार उन्हें बरसों से था, वह आखिर आ पहुँचा। लगता है, ईश्वर सबके सपने पूरा करते हैं—उनकी नतबहू यानि कि बहू की बहू गर्भवती है।

दूसरी वृद्धाओं से फर्क हैं वे ! अपने समय में उन्होंने घर-बाहर दोनों को सँभाला—बाहर नौकरी, घर में गृहस्थी। कैसे थे वे दिन ! जिस छोटे कस्बे में वे रहती थीं, उसके एक छोर से दूसरे छोर को नापती फिरतीं। एक-एक मिनट व्यस्त। हर समय बाहर के किसी व्यक्ति से टकराहट, कोई नई गुत्थी जिसे आपको सुलझाना है...जीवन एक सतत चुनौती जिसमें भिड़कर हर बार अपने में नई स्फूर्ति पाती थीं वे। कहाँ अब यह...कि चुपचाप बैठे रहो एक जगह, झींकते, अपने में खोए, कोई बात करनेवाला तक नहीं। कोई उनके पास बैठे भी क्यों। कहाँ पुराने समय का वह आकर्षक व्यक्तित्व, कहाँ अब यह छूँछा। सिर के सारे बाल झड़ गए। चिकनी चाँद निकल आई है जिसे और बदरंग करने पर उस पर काले चकत्ते उछल आए हैं। वे जब ढीले-ढाले सोच में तिरती होती हैं तो काँपती उँगलियाँ अनायास ही उनके काले चकत्तों की पपड़ी नोचती होती हैं...जैसे नोच-नोचकर वे उस जगह की खोपड़ी का रंग भी बाकी खोपड़ी की तरह—गोरा निकाल लेना चाहती हैं...ताकि गंजी खोपड़ी भी अगर दिखना है तो पूरी और चिकनी दिखे, ये काले धब्बे तो देखनेवालों को वितृष्णा से न भर दें...लेकिन चकत्ते हैं कि जाते नहीं। उनकी कमजोर उंगलियाँ नोचती हुई करीब-करीब चिमटी की तरह चकत्तों की पपटी पर गड़ जाती हैं पर हाथ आता है सूखी खाल का जरा-सा कोई टुकड़ा, जैसे धूल का कोई कण। शीशे में देखती हैं, तो मिनटों, घंटों, दिनों, महीनों नोचने के बाद भी चकत्ते ज्यों के त्यों हैं...भूगोल के कटे हुए टुकड़ों की तरह फैले, चिकनी खोपड़ी पर कोई उल्टा-सीधा नक्शा बनाते हुए।

काम की व्यस्तता तो अपनी जगह थी, उन्हें बुलव्वन जाने का भी बड़ा शौक रहा आया। उनके छोटे कस्बे में कहीं कुछ हो उनके पास दावतनामा जरूर आना, और उन्हें वहाँ जरूर पहुँचना। पहुँचना भर नहीं, मुंडन-छेदन, तिलक-ब्याह, गोद-सोहर कोई कार्यक्रम हो उन्हें ही आगे होकर विधि-विधान से कराना। पंडित, डॉक्टर एक तरफ बैठे रह जाते। एक बार और कोई नहीं, डॉ. शर्मा की बहू सौर में पड़ी थी, आठवें महीने में ही दर्द हो रहा था। डॉ. शर्मा यह सब क्या जानें तो लेडी डॉ. बुलवाई गई। उसने

कहा, सात महीने ही पूरे हुए हैं, बच्चा अभी नहीं आना चाहिए। उसने बहू के पलंग के पैताने पर दो-दो ईंटें रखवाकर ऊँचाई करा दी। इत्तफाक से थोड़ी देर में ये पहुँच गईं, पैताना ऊपर देख चिढ़ गईं, बोलीं, बच्चा अच्छा-खासा आ रहा है, वह अगर ऊपर की तरफ मुड़ गया तो मुश्किल में पड़ जाएगी बहू। लोगों ने कहा, बहू को दर्द होता है...तो वे बिफर पड़ीं...औरतें सब सह लेती हैं ये दर्द-अर्द, क्या पहले नहीं हुआ किसी औरत को दर्द, अरे दर्द न होगा तो बच्चा कहाँ से होगा। पर बच्चा अभी आठवें महीने के शुरू में ही ? डॉ. शर्मा ने शंका की। बहू भूल गई होगी—वे इत्मीनान में थीं, हटाओ ईंटें...न डॉ. शर्मा की चली न लेडी डॉ. की। ईंटें हटा दी गईं, दो-तीन घंटे में बच्चा हो गया, अच्छा तन्दुरुस्त। लेडी डॉ. डॉक्टरी पढ़ी थीं तो ये कढ़ी थीं...तजुर्बे से कढ़ी हुईं...और इसी के लिए पूरे कस्बे में उनका आदर था। कार्यक्रम रुके रहते जब तक ये न पहुँच जातीं। कार्यक्रम चलते जैसे ये चलातीं।

वे दिन थे !

समय ने धीरे-धीरे करके सबकुछ छीन लिया। पहले नौकरी से रिटायर हुईं...तो चलो बुलव्वन थे, रोज एक न एक...लोगों के यहाँ आना-जाना लगा रहता। पर पता नहीं कहाँ से और कैसे पैर की हड्डी टेढ़ा होना शुरू हुई, होती ही चली गई। दाहिना पैर टेढ़ा हो गया, लम्बा आना-जाना बन्द। रिक्शे पर जाएँ-आएँ तो कुछ समय बाद रिक्शे में चढ़ पाना भी मुश्किल हो गया। रिक्शे को चबूतरे से सटाकर चढ़तीं तो धच्च से रिक्शे में जा पड़ें, हर बार डर कि कहीं इस उम्र में कोई हड्डी टूट-टाट गई तो अपंग हो जाएँगी। तो जाना-आना आसपास तक सीमित कर दिया, वह भी पीछे की गलियों-कुलियों के रास्ते से डेढ़ पाँव से हुच्च-हुच्च चली जातीं, पहुँचने तक बुरी तरह हाँफ जातीं, पूरे पन्द्रह मिनट बैठकर सुस्ताना पड़ता, पानी-शरबत पीकर टिंच होतीं...तब तक सारा प्रोग्राम रुका रहता। ऊपर का कोई घर हुआ तो दोनों हाथों से पैर का काम लेते हुए शिंपांजी के बच्चे की तरह चार पैरों से चढ़तीं। जिजीविषा ऐसी कि वहाँ भी जाती जरूर थीं। सड़क पर चलने से बचती थीं कि गलती से किसी का कोई धक्का ही न लग जाए, वे गिर जाएँ और अनायास ही हाथ-पैर तुड़ा बैठें। डेढ़ पाँव से ही सही, अभी थोड़ा चल-फिर तो सकती हैं।

अस्सी छूने को हुईं तो हाथ काँपने लगे। कँपकँपी धीरे-धीरे इतनी बढ़ गई कि एक छोटी-सी खाली कटोरी भी उठा लो, तो हाथ ऐसे काँपे जैसे झुरझुरी चढ़ गई हो। गैस नीचे रखवा ली थी कि किसी तरह पसरकर धीरे-धीरे अपने और पति के लिए कुछ बना लिया...लेकिन हाथ से कुछ उठा-धरी न हो सके, एक बार बैठ जाओ और फिर उठो तो लगे पहाड़ चढ़कर आए हैं, बाजार से कुछ मँगाना हो तो रास्ते चलते से गिड़गिड़ाएँ, भीख जैसी माँगें...एक नहीं दर्जनों किल्लतें—सबसे ऊपर यह कि गैस से दाल की बटलोई या सब्जी भरी कड़ाही, सन्सी से या कपड़े से पकड़कर उठाओ तो लगा अब छूटी, अब छूटी, और छूटी तो पता नहीं शरीर का कौन हिस्सा जलाकर जाए...उन्हें समझ में आ गया कि अब तो किसी न किसी का सहारा लेना ही होगा, बेटे से साफ कह दिया कि

भैया अब हमसे काम नहीं होता...

अपने घर को छोड़ वे बेटे के घर आ गईं। जिस दिन घर का सामान टेंपो में लदा, घर खाली हो गया...उन्हें खूब रोना आया। आज तक उनकी हाँक से चलता था जीवन, अब वे परवश हो गईं। उनसे मिलना-जुलना होगा जिनसे बेटा-बहू मिलेंगे, वहाँ आना-जाना होगा जहाँ वे आएँ-जाएँगे...आज सही मायने में वे अपाहिज हो गईं। जिस चीज की कमी सबसे ज्यादा खटकती है, वे हैं हर दूसरे-तीसरे दिन के वे बुलव्वन...जहाँ मोहल्ले की भीड़ में घंटे-दो घंटे को वे बहुत महत्त्वपूर्ण बन बैठती थीं, रिटायर होने के बाद घर में जो पन्नी के टुकड़े की तरह कहीं भी पड़ी रहतीं, हवा के हर झोंके के साथ इधर से उधर फिंकी-फिंकी फिरतीं...वे ही बुलव्वन की मंडली में सूरज की तरह दमर-दमर चमक उठतीं। उन्हें हर मौके के एक से एक लोकगीत याद थे। पहली लाइन को अकेली गातीं जिसे बाद में बाकी औरतें दोहरातीं।

अपना घर छोड़ने के बाद वे दो साल फिर भी किसी तरह कट गए, बीमार पति की सेबा में लगी रहतीं। उनकी दिनचर्या के इर्द-गिर्द इनकी दिनचर्या। उनके देहान्त के बाद अब कुछ करने को ही नहीं। पहले सोचती थीं कि पति की वजह से वे एक जगह से बँधी हैं, उनके जाने के बाद अब जब कहीं भी जा सकती हैं तो कहीं जाने का मन नहीं करता...लगता है कहीं एक जगह पड़ी रहें—एक नगर, एक घर, एक कमरा...उसमें भी एक चारपाई...लेकिन जिन्दगी है कि घुमाए चली जा रही है, जैसे पति रहते हुए जो भाग जाने की इच्छा हुआ करती थी, जिन्दगी उसे पूरा करने पर आमादा है, तुम चाहो या नहीं। हर दूसरे-तीसरे महीने कहीं जाने का बन जाता है, कहीं मन से, कहीं बेमन से—इसलिए कि सबको जाना है और उन्हें अकेले नहीं छोड़ा जा सकता। हर नई जगह अलग कमरा कहाँ...एक चारपाई मिल जाती है जिसके नीचे रख लो अपनी अटैची। जो गृहस्थी उनके कस्बेवाले पूरे घर में फैली रहती थी वह एक छोटी-सी अटैची में बन्द एक किनारे पड़ी रहती है। कोई बस्ती नहीं जो उनकी हो, जहाँ उनके नाम के निमन्त्रण आएँ, वे जाएँ या न जाएँ—यह दीगर बात है। बिस्तरबन्द की तरह आज यहाँ, कल वहाँ। अगर मुस्तकिल रहने को भी मिले तो यह कोई उनका कस्बा तो नहीं जहाँ सब कोई उन्हें जानता हो। किसके यहाँ और कितना जा सकती हैं...बैठे रहो, बहुत हुआ टी.वी. देख लो। चार महीने से उनकी भूख भी मर गई, उन्होंने एक वक्त का खाना कर दिया।

तो जब नतबहू के गर्भवती होने की खबर मिली, वे हुलफुला गईं। पहलौटी की सन्तान है, सातवें महीने में गोद डाली ही जाएगी...उसके आगे चल निकलेंगे एक पर एक कार्यक्रम जिन सबमें एक बार फिर सूरज की तरह चमकेंगी वे। कार्यक्रमों के अलावा गर्भवती स्त्री को हर कदम पर निर्देश देना होता है—यह खाओ, यह नहीं। उल्टियाँ होने पर ही कितनी खाना खाना बन्द कर देती हैं जबकि जितनी उल्टियाँ हों उतना ही खाना चाहिए। बताना पड़ता है ऐसे बैठो, वैसे नहीं...और यह महीनों की गिनती के हिसाब से। जब तक बच्चा नहीं हो जाता गर्भवती स्त्री का खयाल, उसके बाद जच्चा-बच्चा दोनों

का। वे कितनी भाग्यवान हैं कि अपने लड़के के लड़के का लड़का देखने को जीवित हैं। उन्हें सामने काम ही काम दिखते थे, भूख फिर से लौट आई थी। अब वे दोनों समय का खाना खाने लगी थीं।

नतबहू उनके पोते के पास बम्बई में थी। वहीं गोद पड़नी थी। वहाँ जाने के लिए प्रोग्राम बनना शुरू हुआ तो उन्होंने पाया कि दूसरे मौकों की तरह इस बार घर छोड़ कहीं जाने के लिए उनके मन में कोई हिचक नहीं है...यात्रा की तकलीफ, बड़े शहरों के छोटे घरों में एक चारपाई से बँधे पड़े रहना...दिमाग में ये सब कहीं नहीं उभरे। वहाँ तो छाया हुआ था गोद-भराई का भव्य कार्यक्रम जिसमें नतबहू के बाद केन्द्रीय व्यक्ति होंगी वे। अपने जाने की प्रस्तावना इस बार अपरोक्ष रूप से उन्होंने खुद कर दी।

"यहाँ अकेले रह तो सकती हूँ, पर ऐसे खुशी के मौके पर तुम लोगों को मेरी चिन्ता रहेगी खामखाह, तो चलो हम भी चलते हैं..."

और वे बम्बई पहुँच गईं। अजीब यह लगा कि नतबहू अपने घर में नहीं, अपने पिता के घर में थी। वह भी बम्बई में था। यह ठीक है कि पहला बच्चा मायके में हो पर अभी से वह वहाँ क्यों रहे, गोदभराई तो अपने घर में होती है। उन्हें बताया कि बहू को हर हफ्ते डॉ. को दिखाने जाना पड़ता है, डॉ. का घर उस एरिया में है। बम्बई में आने-जाने में बड़ा कंटाल होता है, डैलीवरी भी वही डॉ. कराएगा...तो सुविधा इसी में थी कि उसे अभी से वहाँ रखा जाए। गोदभराई भी वहीं हो जाएगी...क्या फर्क पड़ता है। इस घर का इस्तेमाल मेहमानों के ठहरने के लिए हो जाएगा।

उनकी किताब के अनुसार यह सही नहीं था...लेकिन वे बहुत जोर देकर न कह सकीं। अब यह वह समय नहीं है जब सब उनकी मानें, सब क्या...कोई भी उनकी माने। बड़े शहरों में बड़ों की नहीं, छोटों की चलती है और छोटे वह सोचते हैं जिसमें उन्हें सुविधा हो। यह अपना कस्बा भी नहीं है कि हर घर में उनकी चले। फिलहाल ज्यादा बड़ी चिन्ता दूसरी थी। यहाँ गोदभराई होती तो वे होती ही होतीं, उस घर में होना है तो कोई उन्हें ले भी जाएगा ? गोदभराई सधवाएँ करती हैं, वे तो विधवा थीं। वे संशय बहुत देर तक न झेल सकीं तो उन्होंने हिचकते हुए धीरे से अपने लड़का-बहू से पूछा—

"मुझे भी चलना है क्या ?"

"क्यों, आप क्यों नहीं जाएँगी ?"

"नहीं, ऐसा था कि मुझे तो गोद डालना नहीं। वह तो सधवाएँ ही डालती हैं।"

"ये सब टोटके यहाँ नहीं चलते," उनके लड़के ने कहा—"चलिए, गोद दूसरी औरतें डाल देंगी, आपका आशीर्वाद तो चाहिए, बड़े-बूढ़ों का आशीर्वाद मिलता कहाँ है।"

वे आश्वस्त हुईं और तत्काल उन्होंने कमान सँभाल ली। लड़का-बहू तो सिर्फ एक किलो मिठाई और थोड़े से मेवे लिये जा रहे थे। उन्होंने कहा—नहीं, पकवान बनेंगे। कौन बनाएगा ?...वे बनाएँगी। फिर उन्होंने बेसन, मैदा-सूजी निकलवाया, दूब की तलब की। घास नहीं दूब...जो मुश्किल से मिली। एक बड़ी पूड़ी में सूजी आदि के साथ-साथ दूब

भी भरना था और उसे सेंकना इस तरह कि सिकने के बाद पूड़ी तोड़ने पर दूब हरी की हरी निकले। अपने पुराने अन्दाज में वे किचिन में नीचे अपना टेढ़ा पैर फैलाकर बैठ गईं, कोई गीत गुनगुनाती जाएँ और पकवान बेलती जाएँ...उनका उत्साह देख उनकी बहू सेंकने को आ गई।

गोदभराई के लिए जाने के दिन उन्होंने विधि-विधान से पकवान बाँधे, घंटे भर में वे तैयार हुईं। वे साधें के बुलव्वन में जो जा रही थीं, साधें भी किसी और की नहीं, अपनी ही नतबहू की। अपना कस्बा होता तो किस हुलास के साथ सबकुछ करतीं... पर चलो वे हैं तो मौजूद, यही क्या कम है। पहुँचकर नतबहू जहाँ बैठने जा रही थी, उसकी बगल में कुर्सी में बैठ गईं और चौक पूरने से शुरू करके...सबकुछ बताने लगीं—अब ऐसे करो, अब वैसे। बहू ऐसी-वैसी कोई भी साड़ी नहीं, नैहर की साड़ी, नैहर के जेवर पहनकर बैठेगी। उनकी आवाज में पुराना आत्मविश्वास आ गया था, वे सिर के चकत्ते भूल गई थीं, कितनी देर से उंगलियाँ उन्हें टटोलते हुए खोपड़ी पर नहीं पहुँची थीं। नतबहू बैठ गई तो सबसे पहले उन्होंने अपनी बहू के हाथों अपने बनाए पकवान उसकी गोद में रखवाए, उसके बाद बारी-बारी से दूसरी सधवाओं को गोद डालने के लिए तलब करती गईं। सब गोद डाल चुकीं तो नतबहू से उन्होंने अपनी बनाई बड़ी पूड़ी तुड़वाई, हरी दूब निकली देखकर प्रसन्न हुईं। आखिर में उन्होंने अपनी पोटरी से अंकुरित चने निकाले और नतबहू के सिर पर इस तरह रखने को कहा कि वे आशीर्वाद देते हुए चारों तरफ गिरें। कमरे में अंकुरित चने छरर-छरर फैल गए। उन्होंने सबको एक-एक करके फिर बुलवाया—बहू की न्यौछावर करो, न्यौछावर किए रुपए इस घर और उस घर दोनों के नौकर-चाकरों को मिलें। वे भी प्रसन्न हों। जब सब सोचते थे कि सारा कार्यक्रम पूरा हो चुका, उन्हें एकाएक याद आया—अरे ! गाना तो हुआ ही नहीं, यहाँ कोई नहीं पर वे तो हैं...और वे गाने लगीं अकेले ही...

इक साध मन उपजी, चुनर हम पहिने
चुनर हम पहिने, चउक में बइठें...

गोरी के मन में साध उपजी है कि वह चुनर पहनकर चौक में बैठे। उसके पति गाँव के सभी रँगरजवों को बुलाते हैं कि जिस रंग की चूनर गोरी पहनना चाहती है, उसमें रँगो। गोरी कहती है आपके यहाँ की चुनर तो रोज पहनती हूँ, नैहर की चुनर पहनूँगी। पति बेचारा चिन्ता में पड़ जाता है कि नैहर तो कोसों दूर है, कहाँ जाएँगे, कब लाएँगे। उसी समय नगर के किनारे वन में गोरी का भाई शिकार खेलता घूम रहा है, वह मालिन से पूछता है कि नगर में यह क्या उत्सव हो रहा है, मालिन बताती है...तुम्हारे ही तो भांजा होनेवाला है...पर नैहर की चुनर नहीं है तो गोरी चौक में बैठ नहीं रही। भाई तलवार, और कटार बेचकर बहन के लिए चुनरिया खरीदता है।

लै गये सगुन चुनरिया, बहन ने पहरी
चउक में बैठी, चउक में बैठी री
आज साध मोरी पूरी भई...

अकेले वे गाती चली जा रही थीं...साँस फूल-फूल आती थी। पुराना वक्त होता तो कंठ से क्या सुरीली आवाज फूटती...अब साँस भर-भर आने से फँसी-फँसी आवाज निकल रही थी, फिर कोई साथ देनेवाला नहीं, साथ में गाने की बजाय शहरी औरतें कौतुक से देख रही थीं अस्सी साल की बुढ़िया को गाते हुए...

साँस उखड़-उखड़ आने के बावजूद उन्होंने पूरा गीत गाया, अकेले हाँफते-हाँफते। वे सोच रही थीं—आज से सगुन के बाद के भी सारे नेंगदस्तूर वे जी खोलकर करेंगी, बच्चा होने पर सोहर गाएँगी। नतबहू को बेटा होगा...उसके पेट का आकार देखकर भाँप गई हैं वे। वे उसका हगा-मूता करेंगी। उसे अपनी जाँघों पर औंधे लिटा रोज उसकी मालिश किया करेंगी...नहलाकर काजल लगा देंगी, डिठूला लगाएँगी कि नजर न लगे...फिर जमीन पर लिटा देंगी और ताली बजा-बजाकर गाएँगी—

हुड़लवालाल भुँई में परे ल्वाटें री...

एकाएक वे सहम गईं, बच्चे को उठा तो सकेंगी ही नहीं वे...उनके हाथ कँपते हैं...उठाएँगी तो खतरा होगा...

क्या किसी काम लायक नहीं बचीं वे ? बच्चे को उठा नहीं सकतीं तो उसकी ताक-झाँक तो रख सकती हैं। यह काम उन्हें मिल जाए तो कितना अच्छा, उनका जीवन एकाएक अर्थमय हो जाएगा, बच्चे के पीछे लगी-लगी वे दिन भर व्यस्त रहा करेंगी। बच्चे को घुटरुन चलता देखेंगी, खड़ा होना सिखाएँगी...धीरे-धीरे बोलना सिखाएँगी...स्कूल जाने के पहले की पढ़ाई शुरू करा देंगी...वे सपना देखने लगी थीं...

गोदभराई अच्छे से हो गई...जितनी अच्छी बम्बई में हो सकती थी। मेहमान थोड़ी देर और बैठे, फिर जाने लगे। उनके बेटे ने भी उनसे चलने को कहा पर वे टाल गईं, बैठी रहीं। मेहमानों के जाने के बाद उन्होंने खुश-खुश नतबहू को अपने पास बिठाया, चश्मा लगा उसे गौर से देखा, काफी देर देखती रहीं। उस वक्त उनकी आँखों में डॉक्टरी चौकसी के साथ-साथ मिठास भी तैर रही थी। साथ-साथ चल रही थीं उनकी हिदायतें...ये जो गरी के गोले गोद में डाले गए हैं ये इसलिए कि तुम जब-तब इन्हें खाती रहो, सारे खा डालना, जितना ज्यादा खाओगी बच्चा उतना ही गोरा होगा। जो चीज खाने का मन करे वह खाओ, खूब खाओ...नतबहू चौंक गई—"माताजी, डॉक्टरों ने कहा है कि वजन बहुत नहीं बढ़ाना चाहिए, बच्चा भी उसी अनुपात से मोटा होगा और 'डैलीवरी' में दिक्कत जाएगी।"

"क्या जानें डॉक्टर लोग। अरे यह तुम थोड़े ही खा रही हो, तुम्हारे भीतर बैठा जीव...ईश्वर का अंश माँग रहा है, खा रहा है...उसकी इच्छा मार सकती हो क्या तुम ? उसकी हर इच्छा पूरी होनी चाहिए।"

नतबहू उन्हें देखती रह गई...इस नजरिए से तो उसने कभी सोचा ही नहीं था।

"और ये जो मेवा है न...यह सब इसलिए दिया जाता है कि बच्चा होने के बाद गुड़ और घी मिलाकर इनसे सुठौरा बनाया जाए...गुड़ से भीतर की सफाई होती है, ताकत

भी मिलती है। फिर धीरे से बोलीं, "हम बना देंगे।" नतबहू आँखें फाड़े देख रही थी। वे सोच रही थीं चलो कुछ दिनों की बात और है, अभी नतबहू चल ले डॉक्टर के हिसाब से—प्रसव का मामला ठहरा, इन शहर की लड़कियों में जान भी कितनी होती है, पढ़ी-लिखी हैं...डॉक्टर के हिसाब से चलने में ही उसे तसल्ली रहेगी...लेकिन बच्चा होने के बाद वे कुछ नहीं चलने देंगी। एक बार घर आ गई तो फिर वे ही सँभालेंगी जच्चा-बच्चा को।

घर लौटकर शाम को जब सब बैठे थे तो उन्होंने अपने पोते से बात छेड़ी, अपनी तरफ से बात को खूब हल्का बनाते हुए हँसी-मजाक के लहजे में—"भैया ! हम अब आ ही गए हैं तो बम्बई ही रुके जाते हैं, जब हुवइयाँ होगा तो झट से पहुँच तो सकते हैं...यह घर हो या वह घर।"

"डैलीवरी घर में नहीं, नर्सिंग होम में होगी, माताजी।"

"वह तो मालूम है पर नर्सिंग होम में भी तो जरूरत पड़ती है।"

"वहाँ नर्स, डॉक्टर होते हैं।"

"ठीक है, तो नर्सिंग होम से छूटते ही उसे अपने घर ले आएँगे। उसके मायके पर बहुत बोझ डालना ठीक नहीं। हम सँभाल लेंगे यहाँ।"

"नहीं माताजी, एक-दो महीने उधर के घर में ही रखना होगा। बच्चे को शुरू में डॉक्टर ही देखता है, जैसे अभी आपकी बहू को देख रहा है।"

समय यों ही खिंचता चला जा रहा है...दूर, और दूर। जितना वे नतबहू के पास रहना चाहती हैं, उतना ही वह उनसे दूर जा बैठती है। ये बातें अब यहीं खत्म करें...जब जैसा जो सामने आएगा वैसा देखा जाएगा, उस हिसाब से किया जाएगा। धीरज रखना होगा—ढेर सारा...पर वही है जो उनसे रखा नहीं जाता।

"अच्छा, एक बात बताओ। जब भी वह यहाँ आएगी, तुम बच्चे के लिए एक आया तो रखोगे ही। हम सब और किसी लायक भले ही न हों, तुम्हारे बच्चे की देखभाल अच्छे से कर सकते हैं। हमें इसका खूब तजुर्बा भी है। हम यहीं एक कमरे में बने रहेंगे और तुम्हारे बच्चे की परवरिश करेंगे। अब नतबहू नहाने जाएगी, सब्जी-भाजी लेने भी जाएगी तो एक आदमी चाहिए न बच्चे की देख-रेख के लिए।"

"मौसी तो है।" कहकर पोते ने अखबार में नजरें गड़ा लीं।

बाहर जैसे एकाएक हवा थम गई, शहर उमस में जकड़कर रह गया। उनकी आँखों के सामने अँधेरा छा गया था, नथुनों में घनी घुटन घुस गई थी। जिस-जिस जगह के लिए दर्ख्वास्त लगाई वहाँ पहले से ही कोई भर्ती हो चुका था। अभी के कामों के लिए लेडी डॉक्टर है, बाद के कामों के लिए मौसी—पोते के घर की नौकरानी। वह आएगी, काम करके चली जाएगी...वे रहनेवाली थीं। इसलिए मौसी सबकुछ, वे जो दादी हैं, कुछ नहीं। जिन्दगी जब छीनने पर आती है तो फिर छीनती ही चली जाती है...और कैसे धीरे-धीरे—पहले यह छीना, फिर वह, अब यह...जैसे तैयार कर रही हो कि जब तुम संसार से जाओ उसके पहले ही तुम्हारा यहीं सबकुछ छिन चुका हो, तुम सचमुच खाली

हाथ जाओ। व्यर्थ ही लोग पूरी उम्र के बाद की मृत्यु को कहते हैं—भरे-पूरे गए, तब तो आदमी सचमुच कंगाल होकर जाता है।

उनका गला रुँध आया था। आगे बोलने के नाम पर उन्होंने नाक ऊपर की तरफ सिकोड़ी और एक साँस भीतर ली। इतना भर था जो उनका बनता था।

(अक्टूबर 1999)

शिकार

उसके आँसू नहीं थम रहे थे...वह जुमले का कोई टुकड़ा बोलती और भीतर कहीं सोता फूट पड़ता, आँखों की सीपियाँ भर आतीं और पतले पनाले चिकने गालों पर फिसलने लगते।

उसे सुन्दर नहीं कहा जा सकता था पर उम्र की सुन्दरता वहाँ थी...चमकती-चिकनी त्वचा, लम्बी काया, काले और घने बाल, भरा-भरा-सा आनुपातिक शरीर। वह जब खड़ी थी तो सबको ऐसा लगा था जैसे अच्छी-खासी मेहनत से तराशी गई एक आनुपातिक प्रतिमा कमरे में ले आई गई हो।

"मैंने सोचा था इस बार ठीक होगा...पिताजी ने कितना मना किया था..." वह फिर रोने लगी। नाक से पानी बहने लगा था जिसे उसने अपने छोटे रूमाल से पोंछा और अपनी साड़ी के महीन तार एक के बाद एक निकालते हुए कहने लगी—

"तीन साल का मेरा बच्चा अनाथ की तरह रहता है। वे यह भी भूल जाते हैं कि मैं पहले से कितनी दुःखी हूँ। मेरा पहला बच्चा छह महीने का था, कितना बीमार था...मैं गिड़गिड़ाती रही कि उसे डॉक्टर को दिखा दो, दिखा दो। जेठानी हर बार हुँह कर देती, कहती—'क्या मैंने पाले नहीं बच्चे। बच्चों को कुछ न कुछ लगा ही रहता है, बहुत कमाई है न तुम्हारी, जो डॉक्टरों में बहाई जाए।' मेरा बच्चा तड़पता रहा, उन्होंने डॉक्टर को नहीं दिखाया...आखिर वह खत्म हो गया..."

वह चीख पड़ी...लम्बा रोना फूट पड़ा। लगातार बहते आँसू...जब बीच में सिसकियाँ आतीं तो वह रूमाल से गालों पर बहते आँसू पोंछती, नाक से बहते पानी को सँभालती।

"तुम्हारे पति ने कुछ नहीं कहा ?" शर्माजी ने कहा।

"उस घर में मेरी जेठानी की ही चलती है, उसी के वश में हैं जेठ और पति। पति को न मुझसे लगाव है, न अपने बेटे से। पहले बेटे की मौत भी मुझ पर मढ़ दी गई—'यह कुलच्छिनी है, बेटे को चाट गई, पता नहीं किस-किसको खाएगी यहाँ...अपशुकनी है...' "

"पति कुछ करते तो हैं ?"

"हाँ, छोटी-सी नौकरी है।"

"तो तुम लोग अलग क्यों नहीं रहने लगते। तुम भी कुछ काम करने लगोगी... चल निकलेगा। कितने इस तरह रहते हैं।"

"यही...यही मैंने कितनी बार पति को समझाया...लेकिन जब-जब कहा तब-तब बिगड़ पड़े...'तुम हम भाइयों में फूट डाल रही हो, मैं आज जो हूँ भाई साहब के कारण हूँ, उन्होंने मुझे पढ़ाया-लिखाया, ये नौकरी दिलाई...ये दोनों मेरे माँ-बाप के समान हैं।' तंग आकर मैं अपने बेटे को लेकर मायके चली गई। चार महीने वहाँ रही, यहाँ से किसी ने खबर नहीं ली। मैं ही आ गई कल...सोचा कि ये लोग तो इस तरह पत्ता साफ कर देंगे...तो पहले तो घुसने ही न दें...'जाओ जहाँ अब तक रहीं, वहीं रहो।' मैंने कहा—'कहाँ रही, जहाँ गई थी, वहीं रही। अपने माँ-बाप के यहाँ कोई नहीं रहता क्या ?' ...कोई विश्वास करने को तैयार नहीं। मैंने कहा—'पिता को फोन करके पूछा लो, वहाँ के मोहल्ले-पड़ोस से पूछ लो...' कुछ सुनने को तैयार नहीं...मैं घुस गई भीतर, खाना नहीं दिया...मैं रसोई में जाकर खुद बच्चे के लिए रोटी लाने लगी तो जेठानी बमक पड़ीं—'खबरदार जो रसोई में घुसी, पता नहीं कहाँ-कहाँ तेरे पैर पड़े हैं...कौन-कौन से घाटों का पानी पीकर आई है ?' हाथ पकड़कर मुझे रसोई से बाहर निकाल दिया—'बच्चे के लिए तो रोटी दे देंगे...पर तेरे लिए हमारे यहाँ कुछ नहीं है...' माँ-बाप का घर छोड़ने के बाद मैंने अब तक कुछ नहीं खाया"—उसका गला रुँध आया, पनाले फिर बह निकले।

"हे भगवान् ! कैसे कसाई !" श्रीमती शर्मा विचलित हो गईं। वे पूजा-पाठ करने वाली सीधी-सरल महिला थीं, लोगों के दुःख उनसे देखे नहीं जाते थे, फिर यहाँ तो यह बच्ची, उनकी लड़की जैसी...जिसका जीवन बस खुल ही रहा था...और खुलते ही क्या देखा उसने ? कैसे कठोर हैं लोग ! न दूसरे घर की लड़की के लिए कोई सोच, न छोटे से बच्चे के लिए कोई दया..."तुम आज यहीं खाओ...हमारे साथ।" शर्माजी ने कहा।

तब तक श्रीमती शर्मा उठीं और एक तश्तरी में थोड़ा नाश्ता ले आईं—दो मिठाई और थोड़ा पोहा। तश्तरी सामने आने पर उसने औपचारिकता में कहा—"क्यों तकलीफ करती हैं"—साथ ही उँगलियाँ तश्तरी की ओर चली गईं और वह खाने लगी। रुक-रुककर रोती जाती थी और खाती भी जैसे महीनों से भूखी थी।

"इसे खाना खिलाओ...दो दिनों से बेचारी ने कुछ नहीं खाया है।" शर्माजी अपनी पत्नी से बोले।

"नहीं, वह रहने दीजिए...कमरा कहाँ है ?" उसने पोहा गुटकते हुए कहा।

शर्माजी ने अपने घर की छत का कमरा किराए पर उठाने के लिए विज्ञापन दिया था जो आज के अखबार में निकला था...'अकेली महिला या नव दम्पत्ति के लिए, जो एक बुजुर्ग परिवार के साथ रह सके—किराया पार्टी देखकर... ।' शहर में लूटपाट, चोरी, कत्ल बढ़ रहे थे। अकेले रहते बूढ़े, बुजुर्ग लोग खासतौर से चोरों का निशाना थे। आए दिन ऐसी खबरें अखबारों में निकलती रहतीं जहाँ चोर अन्दर घुसे, बुजुर्ग दम्पत्ति को एक कमरे में बन्द कर दिया, या मुँह में कपड़ा ठूँसकर बाँध दिया, या एक-एक लाठी सिर पर मार उनका काम तमाम कर दिया, और फिर चैन से लूट-पाट की या घर के नौकर ने ही मार दिया और जेवर-नकदी लेकर नेपाल चला गया। चोरी के काम में औरतों का

भी प्रवेश हो रहा था...एक औरत कोई सामान बेचने ऐसे घर में घुस जाती है जहाँ अकेली महिला या बूढ़े हों, सामान बेचते-बेचते कुछ सुँघा दिया; दो औरतें घर का बनाया कुछ बेचने के लिए निकलीं, चखाने के बहाने कुछ खिलाकर...बेहोश कर दिया, फिर कीमती सामान उठाकर चम्पत। एक तिपहिया में अटैची-होल्डाल रखे अकेली औरत आती है...स्कूटर पर बैठे-बैठे किसी अविनाशचन्द्र शुक्ल का पता पूछ रही है। पूछते-पूछते अन्दर आ जाती है। उसके पास फोन नम्बर है, घर नहीं मिल रहा...कितनी देर से भटक रही है, वह शुक्लाजी को फोन कर ले ? बस एक ही फोन...उस पार मोबाइल पर लोग पहले से ही इन्तजार में बैठे हैं, दो मिनट में घर पहुँच जाते हैं। वे आते हैं और महिला निकल जाती है। फिर दिनदहाड़े लूट...

सब सोचकर शर्मा दम्पत्ति ने पीछे का कमरा किराए पर देने का तय किया था। वे दोनों बुजुर्ग थे, साथ में बूढ़ी माँ...कोई बच्चा नहीं, नई अवस्था का कोई नहीं। घर में वीरानी छाई रहती है, शाम को बहुत गहरा जाती है। उन तीनों में अब कोई आकर्षण नहीं कि लोग उनके पास आएँ-जाएँ। कोई रहेगा तो रौनक रहेगी...।

"तुम्हारे पति तैयार हो गए अलग रहने को ?"

"वे कहाँ...मैं अकेली रहूँगी, बेटे के साथ।"

"ठीक होगा ? मतलब उनकी मर्जी के खिलाफ बाहर रहना..."

'मर्जी ? कल शाम अकेले मैं, थोड़ी देर के लिए अपनी एक सहेली से मिलने चली गई। रात को घर पहुँची तो उन्होंने दरवाजा नहीं खोला, देखकर कि मैं हूँ, भीतर से बोल दिया—'यह तुम्हारा घर नहीं है...' मैं बहुत गिड़गिड़ाई, कहा—'मुझे बेटे और पति से मिल लेने दो।' उन्होंने बेटे तक से नहीं मिलने दिया। पति किवाड़ के पास आकर बोले—'मैं तुम्हारे साथ नहीं रह सकता, मुझे तलाक चाहिए...' मैं कहाँ जाऊँ रात को...तो बोले—'जहाँ अभी गई थी वहीं रहो जाकर'—घंटे भर तक मैं उनसे प्रार्थना करती रही—'मुझे भीतर आने दो, भीतर आने दो...' उन्होंने दरवाजा नहीं खोला...नहीं खोला। मैं अपनी सहेली के यहाँ नहीं जा सकती थी, इतनी खुली नहीं हूँ उससे...फिर उसकी अपनी परेशानियाँ हैं। रात भर बाहर घूमती रही..बिना घर, बिना बच्चा।"

वह फफक पड़ी...रुलाई बहुत जोर से आई इस बार। श्रीमती शर्मा की भी आँखें भर आईं—"हे भगवान ! जवान लड़की, सुन्दर...रात भर सड़कों पर घूमती रही, कुछ हो जाता तो ?"

"कहाँ रहीं तुम रात भर ?"

"स्टेशन, प्लेटफार्म पर...सबको यह दिखाते हुए कि गाड़ी का इन्तजार कर रही हूँ...जो गाड़ी सबसे ज्यादा लेट थी उसका...वरना वहीं लोग पीछे लग जाते। रात को ही मैंने फैसला किया कि मैं अब उस आदमी के साथ नहीं रहूँगी...अलग रहूँगी, अपने बेटे के साथ। वहीं मैंने अखबार खरीदा, किराए के मकानोंवाले विज्ञापन देखने के लिए। मैं आज ही किराएवाले कमरे में चली जाऊँगी..."

"तुम्हें अपने पिता के पास चले जाना चाहिए।" शर्माजी ने कहा।

‘‘उन्हीं के पास से तो आई हूँ। मैं उन पर बोझ नहीं बनना चाहती। उन्होंने तो अच्छा ही देखकर ब्याह किया था, मेरी रजामन्दी से। मैं इस तरह जाऊँगी तो पिता बहुत दुःखी होंगे—वे दिल के मरीज हैं।’’

‘‘तुम अकेले रह लोगी ?’’

‘‘आपके जैसे परिवार की आड़ रहेगी।’’

‘‘रुपए कहाँ से आएँगे ?’’

‘‘मैं कुछ करूँगी...जो काम मिलेगा वह करूँगी...और नहीं तो खाना बनाऊँगी... आपका खाना बना दूँगी, आपके घर की देखभाल करूँगी...कामों की कमी है क्या। उस घर में जाऊँगी सिर्फ एक बार—अपना बच्चा और सामान लेने...’’

पहले से थोड़ा शान्त हुई वह। हिचकियाँ-सिसकियाँ नहीं थे, सिर्फ आँसुओं की दो पतली धारें लगातार बह रही थीं...जैसे चिकनी चट्टान पर दो तरफ से दो पतले झरने नीचे सरक रहे हों।

आँसू पोंछ कमरा देखने के लिए वह उठ खड़ी हुई, श्रीमती शर्मा के पीछे-पीछे चली। उसने देखा कि घर का एक बाहरी दरवाजा सीढ़ियों के पास भी था। ऊपर जाने के लिए सीढ़ियाँ दस-बारह। ऊपर पहुँचकर दाहिनी तरफ दो कमरे...एक उन लोगों का बेडरूम, दूसरा छोटा बेडरूम जिसमें कोई नहीं रहता था। बेडरूम के सामने ही वह दरवाजा था जो छत की तरफ खुलता था। छत पर पहले बाथरूम, बाद में किराए पर दिए जानेवाला कमरा। कमरा साधारण था—एक दीवार के सहारे पत्थर लगाकर रसोई-सी बना दी गई थी। उसने गौर किया कि उस कमरे के बाहर छत पर निकलते ही, छतवाले दरवाजे के पार दोनों बेडरूम भीतर तक दिखते थे। वापस सीढ़ियाँ उतरने के पहले वह सीढ़ियों के ऊपरी मुहाने पर रुकी...बेडरूम में दीवार पर बनी किवाड़वाली आल्मारी के अलावा दो बड़ी गोदरेज की आल्मारियाँ थीं। छोटे बेडरूम में बक्से एक के ऊपर एक लगे हुए थे। सीढ़ियों के नीचे आई तो नीचे का कमरा जो साधारण था, शर्माजी की माँ वहाँ खड़ी थीं। यह उनका कमरा होगा। ऊपरवाले बेडरूम ही थे जो थे...खासतौर पर बड़ा बेडरूम। बाहर पोर्टिको में कार थी जिससे जाहिर था कि शर्मा दम्पत्ति समृद्ध थे।

‘‘निकास एक यही है...घर की इन सीढ़ियों से ही ?’’

‘‘हाँ...इन सीढ़ियों से ही बाहर का दरवाजा है। इससे ही आना-जाना होगा, सामने का दरवाजा जिससे तुम आई हो वह हमारे लिए होगा।’’

‘‘घर के भीतर से जाना-आना...आपको असुविधा नहीं होगी ?’’

‘‘जो रहेगा, वह हमारे घर का होकर ही तो रहेगा, फिर क्या असुविधा...’’

उसने श्रीमती शर्मा को गौर से देखा—निश्छल चेहरा, हर पल जैसे भीतर से उठती किरणें उसे आलोकित करती थीं...खिंचाव का नामोनिशान नहीं, उल्टे गहरी तृप्ति की मिठास में नहाया हुआ...जैसे जीवन ने उन्हें अच्छा ही अच्छा दिया और इसके लिए वे ईश्वर की कृतज्ञ थीं।

वह वापस आकर अपनी जगह बैठ गई और शर्माजी से पूछा—"किराया कितना है ?"

"बेटी ! अभी तो तुम कुछ दे ही नहीं सकतीं। जब तुम्हारे देने की सामर्थ्य बने तब किराए की सोचना...और जो सामर्थ्य बने वह दे देना..."

कहाँ देखे ऐसे लोग। किराए का कोई लालच नहीं? करुणा भीतर से बही चली आती है, सामनेवाले पर भी कुछ छींटें फेंकती है।

"कमरा तुम्हें पसन्द है ?"

"जी ! मैं जल्दी ही कोई काम ढूँढ लूँगी। आपको कोई नुकसान नहीं होगा। आप फिकिर न करें।"

"फिकिर एक बात की तो होती है। तुम्हारे घर के लोग आकर झगड़ा करेंगे—तुमसे और हमसे भी। सीधा साफ मामला तो नहीं है यह, घिचपिच का है। तुम्हारा पति ही आकर हल्ला मचा सकता है—'क्यों रखा है यहाँ मेरी बीवी को।"

"जो मुझे अपने घर से निकालने पर आमादा है, वह मुझसे छुट्टी पाकर खुश ही होगा। वह कभी नहीं आएगा। जैसे ही मैं अपने पैरों पर खड़ी हुई, मैं खुद तलाक की दर्खास्त लगा दूँगी। मैं उन्हें बताऊँगी भी नहीं कि मैं कहाँ रहती हूँ..."

शर्माजी आश्वस्त हुए, पर पूरा नहीं। चिन्ता की रेखाएँ उनके चेहरे से जाती नहीं थीं।

"क्या करूँ...मेरी परिस्थिति ही ऐसी है। यह मेरी बनाई नहीं है...मुझे बाहर रहना है और ऐसी जगह जहाँ आड़ हो, आप जैसे माता-पिता हों..." आँसू छोड़नेवाले बादल फिर उस पर छाने लगे।

"आज सुबह गई थी अपने घर ?"

"नहीं, न ही जाऊँगी। अपने लिए कमरा तय करके ही जाऊँगी, सामान उठाने, बच्चा लेने...तब तक चाहे सड़क पर ही क्यों न घूमना पड़े, घूमती रहूँगी..."

"बेटी...!" शर्माजी की माँ रेंगती हुई अपने कमरे से बाहर आ गई थीं—"मैं सुन रही हूँ तुम लोगों की बात। तुम ऊपर के कमरे में किराए से रहती हो या नहीं...यह तुम्हारे और इनके बीच की बात है...पर अब तुम रात को बाहर नहीं घूमोगी...देखो मेरे इस नीचे के कमरे में एक चारपाई और लगी है। रात को सड़कों या स्टेशन पर घूमने की बजाय यहाँ आ जाना...मेहमान नहीं आते क्या, हमारे यहाँ..."

वह देखती रह गई...अस्सी पार की उम्र...चेहरे पर झूलती झुर्रियाँ, लटकते कान...लेकिन कैसा ममत्व ! डेढ़ टाँग से चलती हैं लेकिन, कमरे से निकलते ही किसी को सहारा देना चाहती हैं। वह उम्र जब संसार से विरक्ति आ जाती है, उसमें भी दूसरों का दुःख देखकर कैसी पिघल उठती हैं...

कहाँ ये लोग जो सामने थे—धोखा खा जाएँगे पर किसी को देंगे नहीं, जैसे एक ही चीज का अभ्यास किया जीवन में—दूसरों का दुःख बाँटना...और कहाँ वह ? पर उसकी अपनी खूबियाँ हैं—कितनी जल्दी वह लोगों का विश्वास जीत लेती है।

"क्या तय किया फिर आपने।" उसने शर्माजी से पूछा।

"मुझे क्या तय करना। तय तो माताजी ने कर दिया। तुम्हारी इतनी दारुण परिस्थितियाँ हैं कि हम दूसरा कुछ सोच ही नहीं पा रहे। तुम जब चाहे चली आओ..."

"शाम तक आ जाऊँ ?"

"ठीक है। तब तक हम ऊपर का कमरा साफ करवाने की कोशिश करेंगे।"

"हो जाए तो ठीक है, वरना एक रात माँजी के यहाँ सो लूँगी।"

वह उठ खड़ी हुई। ड्राइंग रूम के भीतरी दरवाजे से टिकी माताजी खड़ी थीं, उसकी तरफ अनुकम्पा से देखते हुए।

"अच्छा माँजी !" उसने आगे बढ़कर माँजी के पैर छुए। एक कमजोर, काँपता हुआ हाथ, मुलायम-मुलायम...उसके बालों पर रखा था। पत्तियों की तरह थरथराती उँगलियाँ. ..स्पर्श में कुछ था कि क्षण भर के लिए उसकी आँखें मुँद आईं, आँखें खुलीं तो नीचे दिखाई दिए दो नन्हें-नन्हें पैर...जिनके मांस को छोटी-छोटी झुर्रियाँ इधर-उधर खींचती थीं। झुर्रियों के बीच भी उनमें कसाव था।

वह मुड़ी और आँखें झुकाए हुए, जल्दी-जल्दी शर्माजी और श्रीमती शर्मा से नमस्ते करके बाहर निकल गई। कई बातें...कई सवाल बुलबुलों की तरह उठ रहे थे, जैसे पानी भरे काँच के बक्से में छोटी-छोटी मछलियों की साँसें बुदबुदों में ऊपर उठती हैं...वह इन लोगों की तरह क्यों नहीं है, इनके जैसा हो जाने की दबी-दबी इच्छा क्यों होती है, इनकी उम्र में पहुँचकर भी वह इनके तरह की हो पाएगी ? कैसे हो सकती है...ये लोग दूसरे समय के हैं। तंगई तो तब भी थी—सुख-सुविधाओं की तंगई, ज्यादा पैसे की तंगई। आज तंगई दूसरी तरह की है...जब ढेर सारे लोग मुट्ठी भर कामों के लिए भाग रहे हैं, सबको सीधे-सच्चे ढंग से कमाने का मौका नहीं मिलता। नहीं, कहिए कि अब धीरज नहीं है इन्तजार का...कि वह मौका आएगा देर-सवेर। कब आएगा...तब तक कितने लोगों की लांछना...व्यंग्य। पढ़-लिख भी जाओ तो न काम मिलता है, न ब्याह होता है। और कितना इन्तजार करे। सोहबत की बात भी है—आप किन लोगों के बीच जा पड़े और क्या सीख लेते हैं...और देखा कि यों ही चलते-चलते, इत्तफाकन...परिवार न हुआ तो कोई रोकनेवाला भी नहीं...

क्यों मुकर रही है वह सीधी साफ बात से...हम ही हैं जो जीवन में अपने लिए लक्ष्य तय करते हैं, उसके लिए यह या वह रास्ता चुनते हैं—जैसे कि खूब पैसा कमाने का लक्ष्य और उसके लिए लम्बा इन्तजार नहीं, शार्टकट !

और इन लोगों को किराया भी नहीं चाहिए !

उधेड़बुनों में डूबती-उतराती वह पास के पार्क में आकर एक पेड़ के नीचे बैठ गई। सामने एक छोटी-सी झील का छिंका हुआ पानी था...किनारे की तरफ गन्दगी गहरी काई बनकर बिछी हुई...देखते हुए वितृष्णा होती थी। बीच में जहाँ पानी की मरोड़ें थीं...वहाँ पानी चिलक-चिलक पड़ता था, जैसे सूरज की किरणें पानी पर नहीं, काँच की किरचियों

पर पड़ रही हों।

उसने नजरें फेर लीं, पास घास पर जो छांया थी, उस पर टिका दीं। ऊपर दरख्त के पत्ते धीरे-धीरे हिल रहे थे। उसने पीछे मुड़कर देखा—पुराना पेड़ था...शीतलता...जैसी उस घर में महसूस हुई थी...

चार बजे करीब उसने फोन किया। शर्माजी ने उठाया।

''हलो अंकल...मैं बोल रही हूँ, अनुराधा। कोई और आया ?''

''कौन और ?''

''कमरा लेने के लिए, दूसरे लोग ?''

''आए...हमने मना कर दिया, तुमसे बात जो हो चुकी थी।''

''नहीं...मतलब आपको फौरन अच्छा किराया मिलना शुरू हो जाता।''

''उसका क्या सोचना, तुमसे बात होने के बाद। तुमसे ज्यादा जरूरतमन्द और कौन होगा...बेटा !''

उधर आवाज भीगी हुई थी। प्रेम कैसे कटोरे में लबालब भरा है, छलक उस तक भी पहुँचती है, जो स्वार्थी, कठोर, क्रूर हो चुकी है। ऐसे निश्छल लोगों के साथ छल किया जा सकता है क्या ?

''अंकिल...,मैं सोचती थी, घर में एक बार और कोशिश करके देख लूँ। एक बार अलग रहने लगी तो दरार और बढ़ जाएगी। आपकी क्या राय है ?''

''तुम ठीक सोच रही हो।''

''आप कहेंगे आपका नुकसान कराया।''

''कहाँ का नुकसान...दूसरे आ जाएँगे,'' नहीं आएँ तो भी कोई बात नहीं।

''लेकिन मुझे आप जैसे लोग फिर कहाँ मिलेंगे, आपके यहाँ माँ, बाप, दादी सब एक साथ मिल रहे थे।''

''बेटी ! हम लोग तो नदी के किनारे के दरख्त हैं--आज गए, कल गए। तुम्हारा तो पूरा जीवन सामने पड़ा है। तुम्हारा घर फिर से बस जाए...इससे बड़ी बात क्या होगी हमारे लिए।''

''आप लोगों की छत्रछाया में रहने का मन था।''

''ठीक है, पर अपना घर अपना ही होता है, उसे सँभालो बेटा। यहाँ क्या...जब तुम्हारा मन करे, आ जाया करो...''

वह ऐसा नहीं कर सकेगी। शर्माजी के घर बार-बार कहाँ, दूसरी बार भी जा सकती है क्या वह ? वे उसका पता ही पूछ बैठे तो...क्या यह हिम्मत है उसमें कि वह सही बात उजागर हो जाने दे कि वह उनके यहाँ लूट के इरादे से गई थी। एक रात रहती, माँजी के कमरे में सोती, रात तीनों को दवा सुँघा गहरी नींद में सुलाती, और नकदी-जेवर लेकर रेल से दूर...काफी दूर—वह, जो उसने कितनी बार खूब सफाई से किया था। वह

उनके पास नहीं जा सकती जब तक अपने कलुष को धो न डाले, उसमें जो कीचड़ आ चिपका है इसे खुरच-खुरचकर फेंक न दे। पिछले सालों इस धन्धे में जो उसने खींचा, पाया...वही-वही दिखता रहा उसे। क्या खो दिया इस बीच—यह आज दिखा—अपना आप ही खो दिया...वह जिसे अपने में लेकर वह इन लोगों के बीच बैठ सकती थी।

उसकी आँखों से आँसू बह चले...इस बार सचमुच के, बेआवाज...पर भीतर छेदनेवाली आवाज करते हुए।

(सितम्बर 2000)

अक्षम

फोन पहले भी आया था। डॉ. राय ने लम्बी बात की थी, जितनी कि दूसरे शहर से आए फोन पर हो सकती थी। उन्होंने शुरू में ही मना कर दिया और फिर उसी पर अड़े रहे। उधर से वह व्यक्ति मान-मनव्वल करता रहा था, आखिर में उसने फिर कहा—

''राय भैया ! आ जाओ, सोचो, तुम्हारे बिना और कौन करेगा अन्तिम संस्कार !''

''यह मेरी समस्या नहीं है। उसकी समस्या...(कहते-कहते डॉ. राय रुक गए)...उन लोगों की समस्या है।''

डॉ. राय आधुनिक आदमी थे और उन्होंने बात खत्म करने के लिए आधुनिक मुहावरे का इस्तेमाल किया था—''इट्स नौट माई प्रौब्लम !''

''भैया ! ऐसी परिस्थिति में यह सब नहीं सोचते...तुम चले आओ, पहली गाड़ी पकड़कर। बर्फ की सिल्ली पर रखकर हम इन्तजार कर लेंगे। वे तुम्हारे पिता थे।''

''देखिए, मैं कुछ नहीं जानता। आप जो जँचे, करें। बस यह समझ लीजिए कि मैं आने में अक्षम हूँ।''

कड़ी हिन्दी का इस्तेमाल कर उन्होंने फोन रख दिया था।

अब जब फोन आया तो उस तरफ दूसरा आदमी था, पिता और डॉ. राय दोनों का परिचित। वह कुछ अधिकार से बात कर रहा था—

''देखो बेटा ! मैं तुम लोगों के घर का आदमी हूँ।''

''उस घर के हो सकते हैं, मेरे घर के आप कभी नहीं थे।''

''जो भी सही...मैं तुम्हारा भी हितैषी तो हूँ।''

''आपसे पहले जिनका फोन आया था, मैं उनसे बता चुका हूँ।''

''तुम्हारे बेटा है ?''

''जी !''

''वह ऐसा करे तो...?'' आदमी थोड़ा कठोर हुआ।

''देखिए मैं अक्षम हूँ...बस। मैं और कुछ नहीं कह सकता।'' डॉ. राय ने वह शब्द पकड़ रखा था।

''तुम अक्षम नहीं, अक्षम्य हो।'' एकाएक वह व्यक्ति सख्त हो गया।

''आप जो समझें।''

''कभी तुम भी बूढ़े होगे...मरोगे !''

इस आदमी से बात नहीं की जा सकती थी—डॉ. राय ने फोन रख दिया। फोन के इर्द-गिर्द झीना-झीना, सफेद धुआँ-सा उग आया जो ऊपर उठकर कमरे में फैलता जा रहा था...अब कमरे के बाहर भी, डॉ. राय के पूरे घर को अपने आगोश में लेने के लिए लपकता। डॉ. राय...साबुत, आधुनिक आदमी भी उस धुएँ के नीचे धँसते चले जा रहे थे, कमरे की और चीजों की तरह...

फोन फिर बजा...बजता रहा। फोन इसी प्रसंग पर आएँगे...और आएँगे, लोग और कड़वे होते चले जाएँगे। डॉ. राय ने फोन नहीं उठाया, घर के दूसरे लोगों को भी उठाने से मना कर दिया। फोन भड़भड़ा रहा था। डॉ. राय सोफे में धँसे बैठे थे, फोन से दूर, उसे उपेक्षा से देखते हुए...लेकिन जैसे वे फोन के चक्कर पर चक्कर काटे जा रहे थे, उससे टकरा जाने को हो आते, ऐन मौके पर लूम लेकर बचते और कतराकर निकल जाते...

नहीं, मैं कतरा नहीं रहा...उस रेखा के ही बाहर रख रहा हूँ खुद को जिसके बाहर जीवन भर रहा, घर के भाव-क्षेत्र के बाहर...जहाँ उन दोनों ने रखा, माँ ने भी।

माँ की बात मत करो, वे संसार में नहीं हैं, कब से।

माँ की बात भी क्यों न करूँ। मैं चार साल का था तब दोनों ने मुझे घर से निकाल दादी के पास छोड़ दिया। बाप भेज रहा था तो माँ जिद्द करके अपने पास रख सकती थीं।

वह निकालना नहीं था। पहले बच्चे बुजुर्गों के पास ही रखे जाते थे ताकि वे उस पीढ़ी से भी जुड़ लें, उस पीढ़ी के अच्छे संस्कार बच्चों में आ जाएँ। तुम्हारे माँ-बाप के यहाँ आरामतलबी, ऐश ज्यादा थे।

गलत...क्या ऐसा था वहाँ जो दूसरे के घर नहीं होता, जो मुझे बरबाद कर देता ? मुझे जान-बूझकर उन सुख-सुविधाओं से वंचित रखा गया, जो आज किसी साधारण घर के लड़के को भी नसीब होती हैं। फिर दोनों ने मिलकर मुझे होस्टल में रखने की साज़िश की, छठवें दर्जे से ही...ताकि तुम आत्मनिर्भर बन सको...

नहीं, ताकि माँ-बाप ऐश की जिन्दगी जीते रह सकें। उसमें खलल न पड़े।

ताकि तुम्हारा सोच स्वतन्त्र हो सके।

तो अब इस स्वतन्त्र सोच पर आपत्ति क्यों....मुझे नहीं जाना, बस...अब क्यों खराब लगता है ?

माँ-बाप तो परे हैं अच्छा या खराब लगने से। उन्हें खराब लगता है।

किन्हें ?

वे जो तुम्हें फोन कर रहे हैं।

वे कर्मकांडी, पोंगापन्थी, रूढ़िवादी, भारतीय परम्परा की दुहाई देनेवाले लोग हैं। मैं नई पीढ़ी का आधुनिक व्यक्ति हूँ...नए सोचवाला। मैं नहीं मानता यह सब।

बुढ़ापा और मृत्यु की कोई पीढ़ी होती है क्या—या कि कोई युग या कि देश ? बात भारतीयता, परम्परा की नहीं है। उसने पूछा तो था कि क्या तुम कभी बूढ़े नहीं होगे,

क्या तुम कभी...

कुछ-कुछ व्यंग भरी आवाज घिनाती चली गई और फिर तिरोहित हो गई जैसे उसके आगे वह जाना नहीं चाहती थी। किसी की भी आवाज उस बिन्दु पर आकर थम जाती है...आवाज वह पुरानी पीढ़ी की हो या नई की, परम्परावादी हो या आधुनिक, देश की हो या विदेशी...चाहे जिस समय की—अपने बच्चे के लिए वह नहीं बोल सकती...जैसे सागर की लहर एक रेखा को छूने आते-आते सरकने लगती है, और फिर लौट जाती है, कहते हैं सागर अपनी मर्यादा नहीं लाँघता।

फोन चीख-चीखकर बन्द हो गया। डॉ. राय झटके से उठे, कमरे से बाहर बाल्कनी में आए, वहाँ से धीरे-धीरे बाल्कनी के कोने पर...

नाला...यह महानगर कारपोरेशन की सीमा है। नाले पर वह छोटा-सा पुल जिसके पार करते ही यह बस्ती शुरू हो जाती है। जहाँ कल तक हरे-भरे खेत थे, नमी भरी शान्ति...वहाँ अब धुँआधार चलती भवन निर्माण की गतिविधियाँ हैं। धूल ही धूल। दुकानें, बाजार, बहुमंजिलीय इमारतें, बंगले एक पर एक उगते चले आ रहे हैं...सब बिना किसी प्लानिंग के। जिधर से वाहन निकलने लगे, वह सड़क हो गई। जमीन में बोरिंग कर ली, वह म्युनिसिपैलिटी की वाटर सप्लाई हो गई। जहाँ से मलमूत्र का पानी बह जाए वह सीवरेज। छीना-झपटी, बेचैनी, मोल-तोल यहाँ धूल के बगूलों की तरह दौड़ रहे हैं। आज नहीं तो कल, कल नहीं तो परसों, कारपोरेशन का क्षेत्र बढ़कर इस इलाके को भी अपने में ले लेगा। तब लोगों की लाटरी खुल जाएगी, रातोंरात यहाँ की जमीन की कीमतें दस गुनी हो जाएँगी। डॉ. राय ने यही सोचकर यहाँ बँगला बनाया है, पास ही में क्लिनिक है।

नाला जब बरसात में चढ़ा होता है तो बाल्कनी से अच्छा नजारा दिखता है। लेकिन थोड़े दिनों का ही। नाला अभी सूखा था, उसकी बेडौल ऊटपटाँग खाई नीचे जाती हुई। बीच में वह बड़ी चट्टान, कंकर-पत्थरों और रेतीली धूल के बीच...कहीं नीचे ढुलक जाए तो किसी को भी कुचल डाले, नाले के धीमे बहाव को ही रोक दे। खाई में कहीं कँटीले पेड़ हैं, तो कहीं नीचे फिसलवाँ कंकरीली जमीन। नाला भी अजीब बेतुके, टेढ़े-मेढ़े ढंग से मोड़ लेता है। एकदम नीचे महानगर की गन्दगी, एक मोटी काली लकीर की तरह पड़ी हुई, थम-थमकर बाहर निकलती है...

जब हवा इधर की होती है तो बदबू की चादर डॉ. राय की बाल्कनी के सामने पहुँचकर तन जाती है, फिर ठहरी रहती है वैसे ही जैसे यहाँ बसे हुए लोगों की और रईस, और रईस हो जानेवाली महत्त्वाकांक्षा। डॉ. राय आ तो गए हैं यहाँ, पर असन्तुष्ट हैं, खिन्न भी...जैसे ऊपर उठने की बजाय नीचे ढुलक आए हों। उस शख्स की वजह से वे यहाँ हैं।

और कहाँ होते डॉ. राय, किसी छोटे कस्बे के किसी हस्पताल में ? वह कहता था—एम.डी. करके नौकरी करो, तुम्हारे काम से नाम होगा...नाम से फिर कमाई होगी...कमाई से फिर बचत करो, धीरे-धीरे आगे बढ़ो—माने रेंगते रहो ताजिन्दगी।

डॉ. राय आज के आदमी की तरह ऊपर से शुरुआत करने की सोचते थे–ठक से उतरो, तुम्हारी चकाचौंध देखकर ही तुम्हारे प्रतियोगी ध्वस्त हो जाएँ। शुरुआत ही हो अच्छे बंगले, ए.सी. क्लिनिक और नर्सिंग होम से। नर्सिंग होम में एक तरफ एक्सरे, पैथोलोजी, सोनोग्राफी भी, दूसरी तरफ दवाइयों की दुकान। नीचे जनरल वार्ड तो ऊपर ए.सी. कमरे, पाँचसितारा होटल की लक्जरी से लैस। बाहर एक सुन्दर लड़की–स्वागत के लिए। डॉ. राय डॉक्टर कम, मैनेजिंग डायरेक्टर ज्यादा–जो डॉक्टरों-नर्सों की नियुक्तियाँ करेंगे, उन्हें बर्खास्त करेंगे। सारा कुछ बैठाने-जमाने के लिए पैसा भी था...उसके पास, लेकिन उसने नहीं निकाला...कहता–'इसके लिए तुम्हें अपनी रकम खड़ा करना चाहिए, अपनी बचत से। पढ़ा-लिखा दिया है, अपना पेट भरने लायक हो, आगे बढ़ना तुम्हारे ऊपर है।' क्या पढ़ा-लिखा दिया ? एम.बी.बी.एस. ! इससे क्या पेट भरता है आज ? डॉ. राय और उनकी पत्नी ने यहाँ तक समझाया कि आप जिस शहर में बस गए हैं, चलो, उसी में हम अपना कौम्प्लैक्स बना लेंगे। दो बूढ़े लोगों की जरूरतें ही क्या होती हैं–दो वक्त की रोटी...डॉ. राय के साथ रहकर पूरी हो जाएँगी। जो रुपया सड़ रहा है उसे उपयोग में लाना चाहिए। वे चाहें तो इसे पार्टनरशिप मान लें–उनका रुपया और डॉक्टर राय की लियाकत-मेहनत। आज के जमाने में कम्पटीशन इतना ज्यादा है कि सब मिलकर चलें तभी कुछ हो पाता है...हर तरह से कहा पर वह नहीं माना। डॉ. राय को और भी खराब लगता जब देखते कि वह रुपया ऊटपटाँग जगहों पर फेंका जा रहा है–कभी किसी अनाथालय जा रहा है तो कभी रामकृष्ण मिशन में। वृद्धाश्रम बनानेवाला एक ट्रस्ट न जाने कितना खींच ले गया। कुछ कहो तो दो टके-सा जवाब–रुपया डॉ. राय की कमाई का नहीं है कि उनसे पूछकर खर्च किया जाए। बस जिद थी कि किसी को भी दे देना है, अपने लड़के को नहीं। आखिर डॉ. राय की पत्नी ने अपने घर से कुछ पैसा लिया, बाकी बैंक से कर्ज लिया गया और वे म्यूनिसिपल कारपोरेशन के इस बाहरी इलाके में आकर जमे। यहाँ जमीन सस्ती थी। तो भी सिर्फ घर और क्लिनिक बना पाए...

मेरे सारे सपनों को रौंद डाला...वे जितने जायज उतनी ही क्रूरता से उन्हें मसला, जैसे कोई नाराज लड़का रेत में बड़े जतन से बनाए घरौंदों को लात मारकर बिथेड़ देता है।

सपने सबके होते हैं, सपनों को क्या सिर्फ बच्चों पर ही सिमिट जाना चाहिए ? क्या उनके पार भी सपने नहीं हो सकते...कुछ ऐसे जिन्हें कोई आजीवन पूरा न कर पाया हो और जिसके लिए समय तब मिले जब बच्चों से छुट्टी मिलती है...या कि बच्चों से छुट्टी मिलना ही नहीं चाहिए ?

उन लोगों की हमेशा छुट्टी रही। मुझे पहले दादी के पास भेज दिया फिर होस्टल, फिर डॉक्टरी पढ़ाईवाला होस्टल था, फिर शादी करके यहाँ। मेरे लिए उन्होंने किया ही क्या। पढ़ाई मैंने की, अपने बलबूते पर यहाँ पहुँचा हूँ। दरअसल उन लोगों ने कभी मुझे चाहा ही नहीं।

यह कैसे कहते हो। तुम्हारे अलावा और था ही कौन। अगर तुम्हारे कोई बहन या भाई होते, तब यह शिकायत की जा सकती थी।

वह भी एक ज्यादती थी मेरे साथ...पैदा कर दिया, इकलौता...साला जूझता रहे जिन्दगी से अकेला। बचपन में मुझे साथ खेलने तक को कोई नहीं था।

अपने हाथ में होता है क्या वह !

जो हाथ में था, मैंने तरह-तरह से बताया भी...वह किया क्या ? वह करते तो आज मैं नाले के किनारे न पड़ा होता।

दूसरे का कमाया पैसा बहुत दिनों नहीं चलता। उल्टे निकम्मा बनाता है।

दूसरा...दूसरा। तो आज मेरी भी बारी आई है दूसरा मानने की।

वह आदमी ठीक अपने साँचे में डॉ. राय को ढालना चाहता था। उसे अपने माँ-बाप से कुछ नहीं मिला सिवा परवरिश और शिक्षा के तो डॉ. राय को भी क्यों मिले! लेकिन तब माँ-बाप के पास होता ही क्या था। यह सही है कि वह शख्स जीवन में खुद आगे बढ़ा—जिसे कहते हैं सेल्फ मेड मैन...वह था। उसने अपने बुढ़ापे के लिए भी काफी पैसा इकट्ठा कर लिया था...अपने रईस तरीके से रहते रहने के लिए, मनमाने ढंग से खर्च करने के लिए। अपने शरीर का खूब खयाल रखता था वह। उसके जीवन का मूल-मन्त्र था—किसी भी तरह दूसरों पर निर्भर न बनो...कभी नहीं—न भौतिक रूप से, न भावनात्मक रूप से। उसे किसी की जरूरत नहीं थी, डॉ. राय और उसके परिवार की तो कतई नहीं। कितना अच्छा होता अगर वे सब एक साथ रहते—वे दो और डॉ. राय का परिवार। जो रुपया यहाँ क्लिनिक और घर बनवाने में खर्च हुआ, वह बचता। इसमें जो रुपए वहाँ पड़े थे वे मिला दिए जाते तो किसी बढ़िया जगह नर्सिंग होम बन जाता लेकिन नहीं, वह बराबर अलग रहने की जिद करता रहा...

आज के जमाने में अलग रहने में हम अपने अलग-अलग तरीकों से रह सकते हैं, प्यार-मोहब्बत भी बनी रहती है...

खाक प्यार-मोहब्बत ! दो साल पहले—माँ के जाने के बाद तो मैं खैर उधर गया ही नहीं—तब दीपावली मनाने सपरिवार गया था। मैंने फिर कहा कि अब भी मैं इधर का सब बेच-बाचकर वहाँ आ सकता हूँ, नई शुरुआत करने...उस शहर, जहाँ आप अकेले पड़े हैं। जनाब बात टाल जाते या खामोश रहते। मैंने जोर दिया तो हमें...मेरी पत्नी को ज़लील किया...

ज़लील तो दूर...माँ-बाप के कुछ भी कहने, यहाँ तक हाथ चला देने से भी बच्चों का अपमान नहीं होता।

और हमारे थोड़ा-सा भी कहने से हो जाता है ?

बहुत ज्यादा।

यह पुराना सोचना है। आज बात बराबरी की है। लड़के-बच्चे कोई गुलाम नहीं हैं। दरअसल मुझ पर बराबर शक किया जाता रहा—कि सारे रुपए लेकर अगर मैंने उन्हें आश्रित बना लिया तो...वही जो बूढ़ों की प्रवृत्ति होती है...

शक गलत तो नहीं था। देख लो...जो तुम कर रहे हो।

यह स्थिति अब आई, माँ के देहान्त पर तो हम सब गए ही थे।

तब तुम्हें फिर भी उम्मीद थी।

यह स्थिति आई कैसे...कौन लाया ? जिद कि सन्तान को कुछ नहीं देना है, बाकी चाहे सारी दुनिया को दे देना है।

तुम्हें पढ़ा-लिखा दिया। जो बच्चे को देना था उसकी पौलिसी उसके नाम कर दी, ताकि उच्च शिक्षा के समय उसके काम आए।

नहीं, ताकि उस रुपए का नर्सिंग होम के लिए मैं इस्तेमाल न कर सकूँ।

तुम्हारा बेटा तुमसे अलग जीव है, उसे भी तो कुछ देना था।

तो मैं भी पिता से अलग जीव हूँ। अब क्यों परेशानी है !

परेशानी कोई नहीं है। अलग रहने, अपने-अपने रास्ते चलने, आगे बढ़ने की भी जो बात है वह भी इसीलिए है कि पिता-पुत्र अलग-अलग जीव हैं। जो जिन्हें देना था वह सबको सोच-समझकर दिया। तुम्हारे परिवार को कुल-मिलाकर खासा मिला।

पी नट्स !

तुम्हें तो सब चाहिए था।

क्यों नहीं...क्यों इकलौती सन्तान यह उम्मीद न रखे, माँ-बाप का होता किसके लिए है ?

कोई अगर यह सोचता हो कि समाज में जो विपन्न हैं, उनके लिए भी हमारा कुछ फर्ज बनता है। तुम तो कमा-खा सकते हो...उसके आगे तो तुम्हारा लालच था—धनी बनने का। यह सोचना क्या गलत है ?

हाँ, गलत था...वे कैसे माँ-बाप जो अपने बच्चे को धनी होते नहीं देखना चाहते ! आज सब माँ-बाप उसी में लगे हैं। और मेरा पिता यह सोचकर अफसोस करता था कि बचपन में मेरी ख्वाहिशें पूरी की गईं। अक्सर कहता—'कुसूर हमारी शुरू की परवरिश का है, जब तुम्हारी हर ख्वाहिश पूरी की गई।' तब यही नतीजा निकलता है कि माँ-बाप आगे कुछ भी करें, औलाद तृप्त ही नहीं होती। 'तुम्हें माँगने की लत पड़ गई है, जैसे सिगरिट पीने की पड़ जाती है...' कौन-सी ख्वाहिशें पूरी कीं...कोई एक बता दे...एक बार तो उसने मेरी पत्नी से बगैर हिचकिचाए कहा था—'तू मेरे बेटे को बहका रही है, तुम लोग यही चाहते हो कि सारा रुपया खींचकर मुझे कंगाल कर दो। जाकर अपने बाप से क्यों नहीं माँगती, मेरे रुपयों पर ही गिद्ध नजर क्यों है ?' उसने वहाँ का घर भी वृद्धाश्रम के लिए लिख दिया है।

तुम्हारे पास है तो...यह बंगला। रहने के लिए कितने घर चाहिए, कहाँ-कहाँ रह सकते हो ! चलो माना कि उन्होंने कुछ नहीं किया तुम्हारे लिए, वे खराब थे...पर माँ-बाप के गुण-दोष नहीं देखे जाते। वे माँ-बाप हैं...बस खत्म। उनके लिए हर हाल में हमें हर कुछ करना है...वे कैसे भी हों, कैसे भी रहे हों।

गलत...वे कोई देवता नहीं हैं।

हैं।

तो गलतियाँ कैसे करते हैं !

क्या पता जिन्हें तुम गलतियाँ कहते हो, वे गलतियाँ न हों। खैर छोड़ो, अब जब कि सब समाप्त हो चुका है...क्या फायदा ?

बात फायदा-नुकसान की नहीं है। जंग छिड़ी तो चले जंग...

तुम बराबरी की बात कर रहे थे, क्या यह लड़ाई बराबरी की है ? मृत व्यक्ति से लड़ा जा सकता है क्या ?

वह एक सफल व्यक्ति था। वह हमेशा अपनी सफलता, अपने रुपए, आत्मनिर्भरता, अपने सम्पर्क के कवच-कुंडल ओढ़े रहे। बराबरी की लड़ाई तो अब शुरू हुई है...जब हम दोनों ही नंगे हैं। मैं उससे नफरत करता हूँ...हाँ, नफरत...उसे एक बार दिखा दूँ कि कैसे वह भी कहीं असफल होता है...मेरी बारी अब आई...तो अब सही।

वहाँ पहुँचेगा कुछ ?

पहुँचेगा। उस जैसों, उसके सलाहकारों, मददकारों तक पहुँचेगा। वे देखेंगे कि सन्तान की उपेक्षा करनेवालों को यह मिलता है। मेरी पत्नी और बेटा देखेंगे कि मैंने ईंट का जवाब पत्थर से दिया...उपेक्षा का बदला उपेक्षा—टिट फौर टैट। उन्हें इसी में सन्तोष मिलेगा। जो जीवित हैं उनका सन्तोष ज्यादा महत्त्वपूर्ण है।

परिवार को सन्तोष देना है यह, या उनके आगे गलत मिसाल रखना ?

मेरे परिवार के लोग सब जानते हैं। वे सीखेंगे कि सन्तान पहले है। जो तुम्हारा खयाल करे, तुम उनका करो।

स्वार्थी दृष्टिकोण न हुआ यह ? सन्तान है तो समाज भी तो कुछ है...या कोई समाज के लिए कुछ भी न करे ?

तो समाज भी करे...अब करे...

वह तो करेगा ही...कोई न कोई तो आगे आ ही जाएगा लेकिन जो लड़के से शोभा बनती है...तब जबकि वह है !

शोभा के लायक नहीं था वह...जिसे अपनी सन्तान को प्रतारणा देने में ही सुख मिलता था। मेरे भीतर जब उसके लिए यही यह उठता है...ऐसे में वहाँ जाना दिखावा है...अनैतिक !

ओह ! तो नैतिकता भी ले ही आए...कैसे हम अपने पक्ष के तर्कों को बड़े-बड़े मूल्यों से जोड़ने लगे हैं...इसके मायने तो यह कि जो कुछ भी गलत-सलत हम करें, उसे नैतिक मान लें और अपनी बेवकूफी में खुश रहें...

फोन फिर बज उठा। फिर झीने-झीने सफेद धुएँ की पर्त ऊपर उठने लगी, उठकर फैलती हुई, डॉ. राय, उनकी पत्नी, बेटे को लपेटते, दरख्तों की फुनगियों की तरफ लपक रही थी। थोड़ी देर में वहाँ सब धुआँ-धुआँ हो गया...सफेद धुआँ। घर के भीतर ठहरी पर्त गाढ़ी हो गई थी जिसमें हिल रही थी एक अस्पष्ट-सी मानव-आकृति...फोन की घंटी के हर स्पन्दन के साथ झूलती...जैसे कि फोन की घंटी के पार कोई रुकी हुई आवाज

थी, बाहर की आवाज...जो भीतर आना चाहती थी।

अगर उसे भीतर नहीं आने दिया गया तो वह बहुत भीतर—डॉ. राय के दिल में उतर जाएगी, फिर वहीं बैठी रहेगी...उनकी ताजिन्दगी।

(नवम्बर 2001)

मुझे बाहर निकालो

वह भक्क से एकाएक सामने थी, जैसे पहले होती थी, जब बस से यहाँ आते थे। सड़क इत्मीनान से पहले की तरह बड़े-बड़े पेड़ों के साथ-साथ चली जा रही है, सामने कुछ नहीं सिवा एक रेलिंग के, रेलिंग के ठीक पहले सड़क दोनों तरफ मुड़ती है, लगता सिर्फ रास्ता होगा वहाँ, पर रेलिंग के पार...थोड़ा दाईं तरफ, वह कोठी। सामने ताल, जिसका नाम कोठी पर ही था—कोठीताल। पीछे बस्ती जो कोठी पर ऊँघती हुई टिकी थी। बस्ती को अपने पीछे किए, लम्बे फैले तालाब पर नजर गड़ाए वह कोठी कभी रियासत की भव्य इमारत थी। तब लाल रंग से पुती, हमेशा तरोताजा वह चिटखियाँ छोड़ती थी—सौन्दर्य, भव्यता, रहस्य और आतंक की मिली-जुली। आकार से वह अब भी उस परिदृश्य पर छाई हुई थी...पर अपने बड़े-बड़े बदरंग किवाड़ों, जहाँ-तहाँ फूट उठी घास और पलस्तर की जगह उभर आए मटमैले गड्ढों की वजह से उखड़ी-उखड़ी, चस्पा दिखती। पहले कोठी में दीवान साहब का दफ्तर था, वहाँ महत्त्वपूर्ण फैसले लिये जाते थे। अब वहाँ सरकारी दफ्तर थे। बस्ती के लोगों के भाग्य का फैसला अब भी होता था वहाँ। तब कोठी बस्ती से एकदम अलग, ताल में साफ आगे की तरफ निकली हुई दिखती थी, जैसे नुकीली नाक चेहरे पर। अब उससे सटे-सटे बस्ती बाहर की इस सड़क की तरफ भी फैल आई थी। ताल का पानी—तब हमेशा थलथलाता हरा पानी—अब मटमैला था, काफी नीचे उतर गया था। सटर-सटर करते दाँतों की तरह घाटों की सीढ़ियाँ जिधर देखो उधर टूटी थीं। पुरानी कोठी, नई बस्ती, मटमैला, गन्दा पानी और टूटी सीढ़ियोंवाले काले गेरुए घाट...सभी के रंग आपस में घुलकर एक सपाट बासीपन की सृष्टि करते थे।

केशव यहाँ अब आ पाया था, बचपन में यहाँ से जाने के बाद अब, जब जीवन उतार पर आ गया...पूरे पचास साल बाद।

वह बाईं तरफ के छोटे पुल की तरफ चला गया। यहाँ नीचे कोठीताल का पानी दूसरे ताल के पानी में मिलता था। पुल के पार ढलान में उतरता रास्ता बस्ती के बाहर उस बड़े मैदान की ओर निकलता था जहाँ मेला लगता था। मेले में आसपास के देवी-देवता विमानों पर आते, वृन्दावन से रासमंडली आती। व्यापारी अपना सामान बेचने आते...तरह-तरह की बाजारें लगतीं। मेला दो चीजों के लिए खास मशहूर था—बाहर से आए व्यापारियों का सामान जो मेले में न बिक पाता था उसे राजा की तरफ से खरीद लिया जाता था और एक बड़ी पक्की इमारत जिसे कम्पनी कहते थे और जिसमें नाटक

होते थे—कभी नल-दमयन्ती, कभी सीता-वनवास। नाटकों में वेशभूषा, प्रस्तुति भव्य होते थे। दोनों ही चीजें अब खत्म हो गई थीं। मेले की ओर पुल पर से जाते हुए केशव अक्सर दाईं तरफ की रेलिंग पर हथेली घसीटता हुआ चलता था। पुल के बीचोंबीच पहुँचकर रुकता और नीचे हरे पानी में किसी लहर से पहचान बनाने की कोशिश करता। फिर पुल के दूसरी तरफ आकर नीचे को झाँकता—वह लहर इधर पहुँची क्या...इन्तजार करते हुए नीचे पानी में देखता रहता। लहर खो जाती थी...सिर्फ पानी—कोठीताल से स्वजन ताल में, स्वजन ताल से कोठीताल में एक होता पानी ! लहर की पहचान बनाने के लिए केशव इस तरफ कागज का टुकड़ा डाल देता पर अक्सर वह टुकड़ा भी गायब हो जाता—पुल के नीचे ही कोठीताल की लहर से उधर, स्वजन ताल की लहर से इधर होता हुआ पुल की भीतरी दीवार पर कहीं लगकर रह जाता, धीरे-धीरे गलकर पानी के नीचे चला जाता।

रेलिंग पर टिककर केशव ने मेलेवाले मैदान की तरफ देखा। ढलान की दाईं तरफ गाँवों से आए किसानों की बैलगाड़ियाँ पर बैलगाड़ियाँ ढिली होती थीं। किसानों के मोटे-मोटे पुराने कपड़े, ईख से लदी बैलगाड़ियाँ, सानी खाते बैल, कंडों से उठता धुआँ...मिली-जुली सोंधी-सोंधी गन्ध केशव के नथुनों को छरछरा गई। कम्पनी की लाल ईंटोंवाली बड़ी इमारत, ऊपर सफेद टीन की छत—वैसी ही खड़ी थी, लेकिन अब उसमें नाटक नहीं होते थे, उसे गोदाम बना दिया गया था।

कोठीताल के किनारे-किनारे चलकर एक पीला फाटक मिलता था जो बस्ती का मुख्य द्वार था। फाटक अब भी वहाँ था, जहाँ-तहाँ दीवारें टूटीं, ईंटें बाहर निकलती हुईं। उसके नीचे से गुजरकर बस्ती के केन्द्रीय स्थल ड्योढ़ी पहुँचते थे, ड्योढ़ी पत्थर का डिजाइनदार एक विशाल द्वार, ऊपर कलाकृतियाँ, नीचे कीलें ठुके लोहे के बड़े-बड़े किवाड़। किले का सबसे बाहरी द्वार था वह। ड्योढ़ी के भीतर रजवाड़ों के, अब जिला सरकार के कार्यालय थे। वहीं से रास्ता किले में जाता था, जहाँ राजा लोगों के महल थे। ड्योढ़ी के बाहर मुख्य सड़क पर बाजार था। दोनों तरफ जयपुर शैली में एक-सी दुकानें।

बाईं तरफ थी वह सड़क जो कोई सौ गज दूर कम्पनी बाग पर मुड़ती थी जहाँ से फिर बस्ती के बाहर निकल जाती। इसी सड़क पर एक दिन कम्पनी बाग से ड्योढ़ी तक बिछे बैठे थे संग्राम सिंह हाईस्कूल के लड़के—ड्योढ़ी को चुनौती देते हुए। सामने ड्योढ़ी से बाजारवाली सड़क की तरफ एक लाइन में खिंची थी गोरों की पल्टन—लोहे के कनटोप और हाथ में संगीनें लड़कों की तरफ तनी हुईं। लड़कों के जुलूस की अगली कतार पर खड़े थे राजन और उसके दो-तीन साथी...दसवीं दर्जे के छात्र। उधर से आवाज उठती—इन्किलाब, सड़क पर बैठे लड़के जवाब देते—जिन्दाबाद। दरजा एक से दसवें दर्जे तक के लड़के। बड़े क्लास के लड़कों का एक हाथ नारे बोलते समय मुट्ठी बाँधे ऊपर उठता था, छोटे दर्जे के लड़के...कोई-कोई ही हाथ उठा पाते, बाकी नीचे जमीन को देखते हुए बोलते थे। इनमें केशव भी था। संगीनें ताने सिपाहियों की तरफ देखकर डर लगता

था...नीचे जमीन की तरफ देखते रहो तो हिम्मत बँधती थी। अशरफ, अब्दुल हाई, माथुर, मुल्तन...वे जो स्कूल में आपस में लड़ते रहते थे...सब वहीं थे, आसपास और नारे लगा रहे थे। जुलूस का नेता राजन था—लम्बा, छरहरा, घने बालोंवाला...संगीनों के एकदम पास। किस चहक के साथ उसका शरीर इन्किलाब कहते हुए मुड़ता, घूमता, तनता...तिरछा हो-हो जाता। चेहरा आक्रोश से लाल हो जाता, बाल लहर-लहर, विद्रोह छात्रों की तरफ फेंकते होते। उसके पूरे शरीर में बिजली दौड़ रही थी।

तभी सिपाहियों के पीछे दो लारियाँ आकर रुकीं, सिपाहियों की पंक्ति एक किनारे से टूटी और उस रास्ते पहले राजन फिर दूसरे लड़कों को भेड़-बकरियों की तरह लारियों में ठूँस लिया गया और जाकर एक खाली पड़ी प्राइमरी स्कूल की इमारत में उड़ेल बाहर से ताला ठोंक दिया गया। स्कूल में सिर्फ पानी से भरी नाँदें थीं और एक किनारे मूत्रालय। राजन ने लड़कों को उकसाया तो लड़के खिड़कियाँ खोलकर सड़क से गुजरते हर आदमी को देखकर भीतर से मुट्ठी बाँधकर चिल्लाने लगे—इन्किलाब जिन्दाबाद। चिल्लाते रहे। चिल्लाते-चिल्लाते राजन और उसके साथियों के गले बैठ गए थे।

शाम को केशव और दूसरे छोटे लड़कों को वहीं छोड़ दिया गया था। बड़े लड़कों को एक लारी में ले जाकर बस्ती से बाहर छोड़ा गया, जहाँ उन्होंने फिर एक जुलूस बना लिया—राजन आगे-आगे, बाकी लड़के पीछे-पीछे...मस्ती में चलते 'सरफरोशी की तमन्ना' गाते हुए वे बस्ती लौटे, बीच-बीच में तनी मुट्ठियाँ ऊपर उठतीं—वन्दे मातरम्, इन्किलाब जिन्दाबाद...जैसे गोरी पल्टन को ललकारते थे—आओ फिर पकड़कर ले जाओ, हम तैयार हैं। सब अपने घर देर रात पहुँचे थे। अगले कितने दिनों तक उनके चर्चे स्कूल में चले थे।

राजन के बड़े भाई ने गांधीजी के आह्वान पर पढ़ाई छोड़ दी थी और स्वतन्त्रता आन्दोलन में कूद गए थे। राजन के पिता नहीं थे, इसलिए बड़े भाई का सीधा प्रभाव उस पर पड़ा था। वैसे भी उन दिनों हर घर में एक-दो सुराजी होते ही थे। राजन के भाई की उसे सलाह थी कि जो जहाँ है वहाँ से स्वतन्त्रता की लड़ाई में हिस्सा ले सकता है...इसलिए राजन स्कूल की छात्र शक्ति को संगठित करे। राजन दूसरे छात्रों की अपेक्षा ज्यादा परिपक्व और उम्र में भी बड़ा था। लेकिन कभी उसके खिलाफ लड़कियों की छेड़छाड़, गुंडागर्दी जैसी टुच्ची शिकायतें नहीं सुनी गईं। बिना शक वह बस्ती का सबसे बड़ा और प्रतिष्ठित छात्र-नेता था। उसकी एक ललकार पर स्कूल खाली हो जाता था। राजन कभी छोटी-मोटी बात के लिए आन्दोलन की आवाज नहीं देता था, हमेशा आजादी के संघर्ष के लिए ही, देश के लिए। राजन पढ़ने में तेज हो सकता था पर नहीं हुआ, विवाह और नौकरी कर घर बसा सकता था पर उससे वह भी नहीं हुआ। स्वतन्त्रता के बाद उसने शरणार्थियों की मदद की, उन्हें जमाने-बसाने का काम हाथ में ले लिया। फिर वहीं से ऐसे ही जो काम सामने आया—उस तरफ सरक गया। वह लोगों के हक के लिए लड़ने को सदा तत्पर रहता था। उसके अनुसार जीवन में इतने काम थे कि रोजी-रोटी का जुगाड़ करनेवाले काम के लिए समय ही नहीं था। उसकी जरूरतें

इतनी कम थीं कि कमाई के लिए किसी काम को लेने की जरूरत नहीं थी—दो जून का सादा खाना, जिसे आगे चलकर उसने एक जून का कर दिया और दो जोड़े खादी के कपड़े। नहाते समय एक जोड़ी धोकर सूखने को डाल दिया अगले रोज के लिए। नहाने-धोने, सोने के लिए पिता का दिया हुआ मकान था ही, बाहर की कोठरी उसके लिए थी, जो उसका घर-दफ्तर दोनों थी। वह बराबर दूसरों के कामों को निपटाने में लगा रहता।

ड्योढ़ी के दाहिनी तरफ का वह मैदान जहाँ केशव अपनी गाय छोड़ने आया करता था। मवेशियों के मालिक अपने मवेशियों को वहाँ छोड़ जाते थे, जहाँ से बरेदी फिर उन्हें हाँककर बस्ती के बाहर चराने को ले जाता। उस मैदान में केशव को एक रोज एकाएक अजनबी आदमी-औरतों के झुंड बिखरे हुए दिखाई दिए थे। औरतें धोती की जगह सलवारें पहने थीं, आदमियों के लम्बे-लम्बे बाल थे। अक्सर वे अपनी जनानियों को कूटते दिखाई देते...भीतर इतनी कर्कशता जो उनके जीवों से पल-पल बाहर निकलती थी, रुक-रुककर आती उल्टियों की तरह। अधबँधे सामान उनके चारों तरफ फैले हुए थे। पता चला कि वे जैसे-तैसे जो सामान हाथ आया उसे बाँध भाग निकले थे, जिस जमीन पर वे पीढ़ियों से जमे बैठे थे वहाँ से उन्हें उखाड़कर यहाँ फेंक दिया गया था...मवेशियों के मैदान में, कुछ दिनों वे वैसे ही रहे, आसमान के नीचे। फिर उन्हें तम्बू दिए गए थे। अब वहाँ खासे अनियोजित ढंग से जहाँ-तहाँ घर उग आए थे। गौर से देखने पर अब भी पुराने चौकोर मैदान की पहचान उगती थी।

ड्योढ़ी के सामने सीधा चलो, पहला बायाँ मोड़ लो तो सीधा संग्राम सिंह हाई स्कूल पहुँच जाओगे। केशव आँखें बन्द करके पहुँच सकता है आज भी अपने स्कूल। स्कूलवाली सड़क और जुलूसवाली सड़क के बीच दफ्तरों की कुछ इमारतें थीं मेहँदी की बाड़ और छोटे बगीचों से छिंकी हुई।

इमारतें आज भी थीं, मेहँदी की बाड़ें और छोटे-छोटे बगीचे अलबत्ता गायब थे। उनकी जगह कई और इमारतें आ गई थीं, दफ्तरों में बढ़ोतरी हुई थी।

स्कूल के गेट की जगह लकड़ी के टेढ़े-मेढ़े लठों के दो ढीले-ढाले बड़े किवाड़ थे जो एक-दूसरे से रस्सी के एक टुकड़े से बाँध दिए गए थे। केशव को भीतर आने देने के लिए रस्सी खोली गई तो दोपहर में यों ही घूमती एक गाय ने स्कूल के भीतर घुसने की कोशिश की। एक अध्यापक हाथ में लठिया लिये था। पढ़ाना छोड़ वह लठिया चलाता हुआ गाय के पीछे कुछ दूर तक भागता गया, शायद वह इसीलिए लठिया लिए रहता था। केशव को अन्दर लेकर किवाड़ों को रस्सी से फिर बाँध दिया गया। पहले आवारा घूमते मवेशियों को काँजी हाउस में बन्द कर दिया जाता था, अब ज्यादातर मवेशी दिन भर छुट्टा इधर-उधर घूमते थे। काँजी हाउस नहीं था, स्वतन्त्रता थी। अधिकांश मवेशी-मालिकों की हैसियत भी गाय-भैंस रखने की नहीं रह गई थी।

जाड़ा खत्म था, दोपहरें गर्म होने लगी थीं...पर कक्षाएँ स्कूल के अहाते में, खुले में लगी हुई थीं। स्कूल की मुख्य सफेद इमारत अपनी जगह थी, पर बीचोंबीच, वह धसक

गई थी, इसलिए खतरनाक थी। उसमें स्कूल नहीं लगता था। बाईं तरफ हस्पताल जैसी एक छोटी पीली-पीली इमारत खड़ी कर दी गई थी। उसमें सब बच्चे नहीं अँटते थे। जब तक दूसरी तरफ की विंग बनकर तैयार नहीं होती, छोटे दर्जे की कक्षाएँ अधिकतर समय ऐसे ही बाहर लगती थीं। नई विंग जल्दी उठवाने, पुरानी इमारत का मलबा हटाकर बीच में खेल का मैदान निकालने के लिए पैसा सरकार के पास नहीं था।

स्कूल के मैदान में फासले-फासले पर बिछे बच्चों में केशव...?

केशव इस स्कूल में आठ साल तक पढ़ा था, उसे याद नहीं कि कभी कोई कक्षा इस तरह नंगी जमीन पर लगी हो। उस समय सभी छात्रों के लिए बेंचें और लम्बी डेस्कें थीं, वे पीछे की कतारवाली डैस्कों पर टिक भी सकते थे। स्कूल लगे दो-तीन घंटे ही हुए होंगे, पर लड़कों के चेहरे मुर्झाए हुए थे। इसी स्कूल से बनकर एक दिन वह जुलूस ड्योढ़ी के सामने पहुँचा था...इन्किलाब जिन्दाबाद ! क्या करेंगे ये लड़के ?

बाजार के दूसरे छोर पर लड़कियों का स्कूल था जहाँ केशव की माँ पढ़ाती थीं। स्कूल के अहाते में ही एक कमरेवाले चमकते क्वार्टर्स थे जिनमें से एक में केशव, उसकी बहिन और माँ शुरू-शुरू में रहे थे। क्वार्टर्स की फेंस मेहँदी की झाड़ों से बनी थी, बीच में एक सामूहिक बगीचा था।

स्कूल का भीमकाय पक्का गेट गेरुए रंग का पुरानावाला था...साबुत, पुख्ता...सालों से पुता नहीं था फिर भी पुराना रंग वहाँ था। गेट पर लगे लकड़ी के बड़े किवाड़ लूटे जा चुके थे। गेट पार करते ही बाईं तरफ वे क्वार्टर्स अब भी थे, पुरानी जगह ही...लेकिन दुकानों के पिछवाड़ों की तरह बदरंग। जहाँ बगीचा हुआ करता था वहाँ दो खचड़ा कारें पड़ी थीं, क्वार्टर्स के भीतर से गराज जैसी ठोंकापीटी की आवाजें निकल रही थीं। क्वार्टर्स के सामने स्कूल का खासा लम्बा-चौड़ा मैदान और पार इस तरफ देखती हुई स्कूल की आयताकार इमारत—खिंची हुई लम्बी लाइन में कमरे ही कमरे, कमरों के इधर लम्बा बरामदा, बरामदे से मैदान में उतरती सीढ़ियाँ। बाएँ-दाएँ चार-चार कमरोंवाली शाखाएँ...जैसे इमारत अपने दोनों हाथ केशव की तरफ फैला रही हो। भव्य...सबकुछ क्लासिकल शैली में बनी किसी पुराने पुस्तकालय की बड़ी इमारत जैसा। पुराना पीला रंग इतना पक्का था कि इतने सालों बाद अब भी चिपका हुआ था। लड़कियों के आ जाने के बाद मुख्य गेट के फाटक बन्द हो जाते, भीतर चहकती लड़कियों की आवाजें...जैसे किसी बड़े वृक्ष पर चिड़ियाँ ही चिड़ियाँ हों और उनकी चिकचिक कभी अलग-अलग...कभी सामूहिक होकर उठ रही हो। तब यह इमारत एक खूबसूरत खिलखिलाती नवयौवना-सी दिखती थी। आज भी खूबसूरत थी, मजबूत भी...पर बुझता रंग, खाली कमरे और दीवारों के बाहर की तरफ जहाँ-तहाँ उग आई घास, सूखी घास...जैसे वह रो रही थी।

लड़कियों का स्कूल अब कहीं और लगता है !

क्यों भाई क्यों ! स्कूल की इमारत, कम्पाउंड, गेट यहाँ तक कि क्वार्टर्स...सभी कुछ तो ठीक-ठाक थे। समुचित रख-रखाव किया गया होता, अब भी किया जाए तो

कैसी चमकने लगे यह जगह...जैसी कि खिलखिलाती लड़कियों के लिए होना चाहिए। क्यों कोई नहीं लड़ा कि लड़कियों का स्कूल यहीं, इसी इमारत में रहेगा—क्यों जरूरत पड़ी एक नई जगह स्कूल खोलने की जब कि इससे बेहतर कोई जगह हो ही नहीं सकती।

जरूरत थी, सरकार को जरूरत थी। स्टेट गर्ल्स स्कूल रियासत का था, जो बाद में सरकार का हुआ। इतना बड़ा कम्पाउंड, इतनी सारी जमीन शहर के बीचोंबीच, बाजार के पास ! बड़े आसामियों की लार चू रही थी, जिसे लपकने के लिए लालायित थे सरकारी अफसर। स्कूल की इमारत और कम्पाउंड को एक साथ या टुकड़ों में बेच आसामियों को उपकृत किया जा सकता था, अपनी जेबें भरी जा सकती थीं, सरकार को मुनाफा दिखाया जा सकता था—एक चाल में तीन-तीन खेल !

यह कत्ल है, कत्ल...केशव के अन्दर कोई चीखा। चीख उसके भीतर ही खाली गड्ढे में उतरती चली गई, जैसे गहरे कुएँ से गूँज की आवाज उठती है और फिर उसी में समाती चली जाती है।

कुछ दिनों गर्ल्स स्कूल के क्वार्टर में रहने के बाद केशव का परिवार किले के नीचेवाले मोहल्ले में आ गया था। ड्यौढ़ी से ऊपर इस मोहल्ले तक का रास्ता किलेवाले पहाड़ की तराई से होता हुआ जाता था जहाँ रास्ते में छोटे-बड़े पत्थर, पत्थर ही पत्थर जड़े हुए थे। इस रास्ते में घर या तो ड्यौढ़ी के पास थे या फिर ऊपर जहाँ वह मोहल्ला शुरू होता था, बीच में सुनसान था। ड्यौढ़ी से वहाँ तक चढ़ाई थी।

चढ़ाई के बीच बाईं तरफ कहीं खिन्नी का पेड़ होना चाहिए। गर्मियों में उसके नीचे पीली पकी हुई खिन्नियाँ पड़ी मिलती थीं...बहुत मीठी। जब केशव संग्रामसिंह स्कूल से लौटता तो पेड़ की छाया में सुस्ताने, खिन्नियाँ बीनने और पेड़ की जड़ में बैठकर खाने के लिए यहाँ रुकता था।

खिन्नी का वह बड़ा पेड़ अब भी था। सालों से आदमियों, पीढ़ियों को गुजरता हुआ देख रहा है, केशव को भी। केशव के बाद भी कितने और बच्चे वह सुख इससे पा चुके होंगे। पहाड़ के नीचे और इतना बड़ा, फिर भी केशव को तब आतंकित नहीं करता था, उल्टे बुलाता था—'आओ, बैठो...जो मेरे पास है उसे मैंने तुम्हारे लिए नीचे परोस दिया है...खाओ।' पेड़ देते हैं, इसलिए उनकी आयु बड़ी होती है...बशर्ते उन्हें काट न डाला जाए।

खिन्नी का पेड़ बस्ती से बाहर पड़ता था, इसलिए बच गया, लेकिन जेलर साहब के घर का नीम का पेड़ न बच सका। घर के बीचों-बीच था नीम का यह पेड़, तब यह विशाल था। उसकी एक डगाल में झूला पड़ता जो पेंग लेने पर इधर उस घर के दरवाजे के ऊपर आता और उधर नीम की दूसरी डगाल की घनी पत्तियों में धुस जाता था। उन पत्तियों को लाने की होड़ लगा करती लड़के-लड़कियों में। बाहर गली में चलते लोग देखते—नया जीवन जो नीम की डगालों में चहचहाता होता। हालाँकि पूरा घर कच्चा था, जैसे तब होते थे पर वहाँ कितनी रौनक थी। भीतर रहनेवाले आठ-दस लोग, चार-पाँच

कच्चे कमरों में। बाहर गोबर से लिपे चबूतरे पर चौपड़ जमती थी, दीवाली में कौड़ी पड़ती जिसमें केशव जैसे बच्चे भी पीछे से दाँव लगाते।

वह घर अब ढह चुका था—चबूतरा, बाहर की दीवारें, भीतर के कमरे सब नदारत थे। सिर्फ जमीन का एक टुकड़ा था...जैसे वहाँ कभी कुछ रहा ही न हो। वह भूखंड झगड़े में था इसलिए लावारिस पड़ा था। जमीन किसी की नहीं तो नीम का पेड़ भी किसी का नहीं...जो चाहे जब इधर-उधर से डगालों को नोचकर ले जाए। वह डगाल जिस पर झूला टंगता था अब भी थी, दाईं तरफ खिंची...कन्धे की बराबरी पर फैले दिखते हड्डियोंवाले किसी हाथ की तरह। ऊपरवाली वह पतली डगाल जहाँ पत्तियों के घने गुच्छे में झूला घुस जाता था, वह नदारद थी। वहाँ अब सिर्फ आसमान था, चौंधयाता आसमान नीचे उस पेड़ का ठूँठ !

केशव सोच रहा था—मकान जो कभी जानलेवा यत्नों/प्रयत्नों से बनाए जाते हैं, जिनको लेकर गाली-गलौज, मारपीट यहाँ तक कि खून-खराबा भी हो जाता है...उनके दो ही हश्र होते हैं—या वे खँडहर हो जाते हैं, जेलर साहब के मकान की तरह, या बिक जाते हैं, केशव के मकान की तरह, जो सामने था।

आगे का छोटा कमरा जहाँ वह पढ़ता था, उसके बगलवाला कमरा-सा जिससे रास्ता भीतर को जाता था—दोनों को मिलाकर अब एक बड़ा कमरा निकाल लिया गया था। उसमें बाहर के चबूतरे को भी अंगोट लिया गया था। केशव ने गौर किया कि बगलवाले घर का चबूतरा भी गायब था, वहाँ उस घर का बाहर कमरा बन गया था। चबूतरा जिस पर रास्ते चलते लोग बैठते, सुस्ताते, एक दूसरे के दुःख-सुख की सुनते थे...वह संस्कृति से गायब हो रहा था। चबूतरे को भी अपने घर में खींच लो, आपके चबूतरे पर बैठकर लोग उसे क्यों घिसें आखिर ?

बाहर का वह बड़ा कमरा भर पक्का था, लाल ईंटों पर कलई पुती थी। इतना भर बाहर दिखाने के लिए। मकान के भीतर का हुलिया वैसा ही था। एकदम पीछे के दो कच्चे कमरे ढह गए थे, उन तक आँगन को खींचकर पीछे छोटी चाहरदीवारीवाली एक छोटी कच्ची दीवार उठा दी गई थी। दीवार के पीछे बेर के पेड़ों की एक घनी बगिया थी, एक बेरी की डगाल केशव के घर के इस हिस्से पर झुकी थी, उसके मँझोले गोल-गोल, खटमिट्ठे बेर नीचे झरे मिलते थे...लाल, पीले, हरे। वह बेरी तो नहीं ही थी, पूरी बगिया ही बौनी हो गई थी, उधर झाँकने पर सिर्फ दो सूखे पेड़ों के ढाँचे नजर आए।

केशव के घर में भी आँगन के बीचों-बीच नीम का एक मँझोला पेड़ था। वह अब नहीं था। जिस जगह वह होता था वहाँ जाकर केशव ने जमीन को थथोला। वह जगह समतल नहीं हो सकी थी। गोबर की लिपाई के नीचे मिट्टी, उसकी भी तहों के नीचे से पेड़ की जड़ें उँगलियों को छूती थीं, सिहरन पैदा करती थीं...जैसे वे जड़ें नहीं नसें थीं, किसी जीवित व्यक्ति की जो वहाँ दबा पड़ा था।

'मुझे बाहर निकालो'...जैसे नीचे से कोई कराहता था।

क्या था वहाँ ? समय का पिछला टुकड़ा, एक व्यक्ति, एक बस्ती का अतीत...मात्र वह नहीं...अस्पष्ट पर अमूल्य वह जो अगली पीढ़ी से सँभाला नहीं जा सका, उंगलियों से झर गया...जिसे केशव टुकड़ों-टुकड़ों में महसूस तो करता था पर पूरी तरह परिभाषित नहीं कर पाता था। उसके जैसे एक मामूली और छोटे से जीवन में इतना कीमती-कीमती खो गया ?

केशव और जेलर साहब के बीच पूरब की तरफ एक इमारत थी जिसे जखीरा कहते थे, जिसमें प्राइमरी स्कूल लगता था। यहाँ केशव ने संग्रामसिंह हाईस्कूल जाने के पहले दर्जा 'अ' और 'ब' में पढ़ा था। पाटी-बोरकावाली पढ़ाई। स्कूल अभी भी था, सरकारी स्कूल। यह क्या ! यहाँ भी बच्चों की कक्षाएँ बाहर लगी हुई थीं...छोटे बच्चे, धूप में कुम्हलाते फूल ! भीतर इमारत जगह-जगह धसक रही थी, जहाँ कक्षा 'ब' लगती थी, उस बरामदे में तो पूरा खपरैल नीचे आकर पड़ गया था। स्कूल खँडहर होने की तरफ खिसक रहा था और यह देख रहे थे बच्चे ! जखीरा के बाद स्कूल कहाँ लगेगा, स्कूल चलेगा भी...कोई नहीं जानता था। स्कूल के लिए नई इमारत क्या, अध्यापकों की तनख्वाह देने तक को पैसे नहीं थे सरकार के पास !

जखीरा के बाहर निकल ही रहा था कि दुबली-पतली कायावाला एक लम्बा-सा बूढ़ा आदमी बाहर के मैदान में प्रकट हो गया। उसके बाल धुर सफेद और खड़े-खड़े थे। वह पागल-सा इधर-उधर सूँघता रहता था। उसके चेहरे की बदहवासी से जाहिर था कि जैसे वह कुछ सूँघता हुआ दिन भर इधर से उधर, उधर से इधर डोलता रहता है, सूँघता हुआ ही इधर को आ गया था। हर पल फड़फड़ाती शरीर-विहीन कोई बेचैन आत्मा ! वह केशव को गौर से देखता, फिर केशव के घर को ऊपर से नीचे तक...फिर जखीरा की तरफ जहाँ से उसकी खौखियाती निगाहें ऊपर टंगे किले के बुर्ज की तरफ उठ जातीं।

कितने साल पुराना किला ! उसके पत्थर अब भी उसी जगह थे, और भी काले। वे ऊपर से तमाशा देखते रहते, नीचे मकान—मनुष्य जिस तरह उगते और ढहते थे। बुर्ज के नीचे का वह दागी पत्थर—जैसे कोई पागल आदमी झाड़े फिरने बैठा हो—उसी जगह था। उसे देखकर केशव बहुत डर जाया करता था...अब डर तो नहीं लग रहा था लेकिन जब-जब केशव की निगाहें उससे जा अटकतीं, वह बड़ी विद्रूप-सी हँसी केशव की तरफ फेंकता था...

सहसा सफेद बालोंवाले आदमी के चेहरे की रेखाएँ ऊपर आने लगीं, जैसे बादलों के छँट जाने पर कोई बूढ़ी पहाड़ी के नाक-नक्श उभर रहे हों। उसकी उदासी पहचानी हुई लगती थी। गांधीजी के बलिदान के दिन संग्रामसिंह हाई स्कूल के छात्रों का एक मौन जुलूस स्कूल से कम्पनी बाग, वहाँ से ड्योढ़ी होता हुआ बाजार की मुख्य सड़क से गुजरा था। उसमें सबसे आगे था यह—ऐसे ही बिखरे बाल मगर तब काले, चेहरा लटका हुआ, शरीर किसी लठे पर लटके लत्ते-सा। उदासी वही थी, उसमें जुड़ी बदहवासी नई थी...

राजन...केशव पहचान गया। वही जिसका शरीर उस दिन संगीनें ताने सिपाहियों के सामने आसमान में रह-रहकर चमकती बिजली की तरह चिलक-चिलक उठता था—इन्किलाब...जिन्दाबाद !

केशव का गला रुँधने लगा, साँस अटकने को हो आई। दौड़कर राजन के गोड़ लग जाए और बाद की पीढ़ी की तरफ से कुबूल करे—

'हमने तुम्हारे साथ दगा किया !'

(नवम्बर 2001)

लावारिस

खिड़की के पार वह दिखता है, वही वह दिखता है...मकान के किनारे खाली पड़े जमीन के टुकड़े पर, उस तरफ की दीवार के बगल में लावारिस उगा...अरंडी का पेड़। सारे पत्ते झड़ गए हैं, पर पेड़ पर अब भी लटके हैं कंटीले गोल-गोल फल। अजीब बात कि जब भी वह बाहर देखता है, नजरें न जमीन पर ठहरती हैं, न ऊपर टंगे आसमान के टुकड़े की तरफ उठती हैं...सीधे उस पेड़ पर जाती हैं...और वहीं टिककर रह जाती हैं।

ऊपरवाले किराए के घर में चार साल रहने के बाद इस बार जो रामी ने घर बदला तो उसने नीचे का यह घर चुना। उसे इस मकान के किनारे पड़ा जमीन का यह खाली टुकड़ा पसन्द आया। वह इस खाली और पथरीले टुकड़े पर गुलाब उगाएगी। यहाँ आकर झाड़-झंखाड़ को साफ और जमीन को समतल करवाया, गुलाबों के लिए क्यारियाँ खुदवा दीं। पता नहीं अरंडी का यह पेड़ कैसे छूट गया—एक किनारे था इसलिए, जमीन के इस चौखटे पर वही एक पेड़ था इसलिए...या कि रामी ने जान-बूझकर छोड़ दिया—खिड़की के पार उसके देखने के लिए वह रहे, कुछ रहे...इसलिए...किसलिए ?

पुराने मकान से वह भी यहाँ आ गया। दीगर सामान के साथ-साथ। जैसे रामी ने तय किया कि फलाँ मेज फलाँ जगह रखना है, वैसे ही बता दिया कि उसके लिए यह कमरा है, यह भी कि कमरे में इस जगह उसकी चारपाई होगी। (चारपाई से सीधे अरंडी का वह पेड़ दिखता है, न देखना चाहो तब भी)। यह क्या, सभी कुछ रामी ही तय करती है। मकान उसका है, किराया वह देती है। कार उसकी है, उसने अपने रुपयों से और खुद कर्ज लेकर खरीदी है। यह भी हो सकता था कि दोनों के बैंक खातों से रुपए निकलते, वह कर्ज लेता और वे कार खरीदते। नहीं, रामी सबकुछ खुद करती है, अपने नाम से करती है...ताकि उसके मामलों में बोलनेवाला कोई न रहे। जो है, सब उसका है...अरंडी का यह पेड़ भी क्योंकि यह उस मकान की जमीन पर उगा हुआ है जो रामी ने किराए पर लिया है...उसका कुछ भी नहीं यहाँ...क्या सोनू भी नहीं...उनका बेटा...इकलौटा बेटा ?

फोन की घंटी बजती है। रामी का ही होगा, फोन उसी के आते हैं। रामी मिलनसार है, खूब घूमती-फिरती है। उसके कई दोस्त हैं, परिचित तो ढेरों हैं। उसके अपने लिए फोन कभी कभार ही आते हैं...भूले-बिसरे, महीने में मुश्किल से एक या दो...लेकिन घर में कोई न हो तो फोन उसे ही उठाना पड़ता है, वरना फोन चीखता चला जाता है। लम्बी

घंटी...फोन करनेवाले को जरूर ही बात करनी है रामी से...बेताब है। फोन अटेंडेंट बनने में उसे कोई उज्र नहीं लेकिन न इसके लिए रामी तैयार होगी, न फोन करनेवालों को ही यह इन्तजाम रास आएगा। उसने फोन उठाया, हलो किया...उधर से फोन रख दिया गया। ज्यादातर ऐसा ही होता है। रामी के जो परिचित या साधारण दोस्त हैं उनकी घंटियाँ लम्बी नहीं खिंचती। जो अन्तरंग हैं, उनकी घंटियाँ लम्बी जाती हैं...न उठाओ तो दो-तीन मिनट तक भी। कभी-कभी बन्द हो जाने के फौरन बाद फोन आता है... जहाँ तक उसी व्यक्ति का, रामी को एक तरह का सिग्नल कि दो घंटियाँ हुईं तो फोन किसका होगा...रामी घर में हुई तो दूसरी घंटी के लिए दौड़ती है। कब कौन अन्तरंग हैं रामी के—यह वह जानता है, मोटामोटी। एक तो वह है जो रामी के ब्याह के पहले से ही लगातार उसके साथ है, हर परिस्थिति में रामी की मदद करता है। वह स्थायी है...एक नक्षत्र की तरह एक जगह चिपका हुआ।...अपने को उस तरह चिपके हुए वह भी देखता है, रामी भी। दोनों इस स्थिति से सन्तुष्ट हैं। दोनों जानते हैं और मानते हैं कि नक्षत्र अपनी जगह है पर वही सबकुछ नहीं है। उसके अलावा भी सम्बन्ध बनेंगे रामी के। दूसरा स्थायी वह है जो रामी का बहुत करीबी होने की कोशिश पिछले सात सालों से कर रहा है...हो नहीं पाया, हो जाता तो अब तक रामी के जीवन से जा चुका होता। तीसरे वे हैं जो बहुत जल्दी अन्तरंग हो जाते हैं, पर साल-दो साल ही चलते हैं, फिर छिटककर दूर। यह फेहरिस्त बदलती रहती है...जैसे कि कुछ महीनों पहले तक एक मूर्तियाँ बनानेवाला और एक प्रशासक था, फिर मूर्तिकार की जगह चित्रकार आ गया...आजकल पहले नम्बर पर एक बीमावाला है, फिर चित्रकार है, प्रशासक निकल गया, उसकी जगह शायद एक पत्रकार आए...दस्तक दे रहा है। इस श्रेणी के लोग इतने अन्तरंग होंगे कि रामी उनके साथ कार में दूसरे शहर भी जा सकती है। नक्षत्र उदास, टिमटिमाता...कोशिश करनेवाला छटपटाता—दोनों इसी शहर में डोलते रहेंगे...रामी जानती है, वह—रामी का पति—क्या करेगा...रामी सोचने की जरूरत भी महसूस नहीं करती।

उसे कोई शिकायत नहीं हो सकती—रामी यह मानकर चलती है। कई सालों पहले रामी ने उसे बताया था कि जब वह उसे छूता है तो उसकी उंगलियाँ...जैसे छिपकली...डर, घिन, उकताहट; फड़फड़ाहट—सब एक साथ रामी पर उतर आते हैं, सब एक ही क्रिया की ओर ढकेलते हुए...छिपकली, उंगलियों को झटककर फेंक दो। अगर वह कमरे में भी हो तो रामी को लगता है जैसे वह रेलवे प्लेटफार्म की सँड़ाध भरी संडास के पास लेटी हुई है...

तभी दोनों अलग-अलग घरों में रहने लगे। उन दिनों रामी का एक नया अन्तरंग सम्बन्ध उफान पर था। रामी तो ऐसे ही चलेगी अब...सोनू का क्या होगा ऐसे माहौल में, बेवजह बिना बाप का लड़का हो गया। पति नहीं रह सका वह, तो बाप तो रहे....इसलिए कुछ महीनों बाद जब वह व्यक्ति रामी के जीवन से निकल गया तो उसने दस्तक दी—'सोनू की बहुत याद आती है, वह भी शायद याद करता होगा।' रामी ने

कहा—ठीक है, चूँकि न रामी का, न उसका ही इरादा दूसरी शादी करने का है, सोनू को बड़ा करना ही दोनों का लक्ष्य है, बच्चे को माँ और बाप दोनों की ही जरूरत होती है...तो वे एक करार कर सकते हैं—सोनू के बालिग होने तक एक छत के नीचे रहें, पर अलग-अलग कमरों में। वह रामी के घर आकर रह सकता है, उनके बीच पति-पत्नी के सम्बन्ध नहीं होंगे। वे एक दूसरे की जिन्दगी में दखल नहीं देंगे। रामी किसके साथ घूमती है, कहाँ जाती है, कब आती है, इसमें बोलनेवाला वह कोई नहीं। घर के सारे फैसले रामी करेगी। इन्तजाम असल में तलाकवाला ही पर बाहरी दुनिया को उतना नहीं जितना सोनू को दिखाने के लिए थोड़ा-सा घर, परिवार...वहाँ भी रामी का ख्याल था कि सोनू जब बड़ा होगा तो खुद ही समझ जाएगा या वह खुद उसे बता देगी—सबकुछ, साफ-साफ। उसने मंजूर कर लिया और रामी के घर फिर चला आया। ऐसे ही कितने साल बीत गए। रामी उसे रहने देती है, वह घर का है यह अहसास देने के लिए उसके लिए भी खाना रसोईघर में बन जाता है। फोन, पानी-बिजली के बिल भरने, सब्जी-भाजी लाने जैसे काम उसे सौंप दिए जाते हैं...कभी कोई चूक हो गई तो डाँट लगाने का अधिकार रामी का...उस वक्त रामी की आँखों को देखो तो संसार में फैली सारी नफरत जैसे उन दो कटोरों में इकट्ठा हो गई हो।

वह क्या है ? पति तो नहीं ही...फिर क्या, चौकीदार ? आनेवाले से वह कुछ पूछ नहीं सकता, कोई रोक-टोक नहीं कर सकता, कोई खबर ले-दे नहीं सकता। रामी को चौकीदार की जरूरत भी नहीं। कुछ औरतों को अपने विवाहेतर सम्बन्ध बनाए रखने के लिए पति की आड़ की जरूरत पड़ती है, रामी को वह नहीं चाहिए। रामी आधुनिक है, अपनी तरह से अपना जीवन जीने में विश्वास करती है। वह किसी से छिपाती नहीं कि वे पति-पत्नी की तरह नहीं रह रहे, कि वह अपने दोस्तों के साथ उठती-बैठती-घूमती है। दोनों अपना जीवन अपनी-अपनी तरह से जी रहे हैं।

क्या वास्तव में कोई जीवन जीता है वह...कौन-सा ? रात फैक्टरी से लौटा, अगर रसोईघर में कुछ हुआ तो खा लिया, वरना सामने के रेस्तराँ में खा आया...दिन में बाहर खाता ही है। कोई उसका इन्तजार नहीं करता। अगर कभी देर रात तक वह पहुँचे...दिनोंदिन न पहुँचे तो कोई चिन्ता करनेवाला नहीं...मरा या जिया—इससे किसी को कोई फर्क नहीं पड़ता। जिस रात रामी को कहीं जाना होता है वह पहले से बता देती है—रात मुझे देर हो जाएगी, सोनू को खाना खिला देना। ज्यादातर तो वही सोनू को खिलाकर जाती है...फिर उसका काम जो सोनू चाहे उसे करने देना। सोनू के कामों में दखल नहीं देना...उसे सिर्फ यह अहसास दिए रहना कि घर में वह अकेला नहीं है। यह सबसे बड़ी जरूरत है रामी की, वह न हो तो उसे शहर के बाहर जाने की, रात को घूमने की इतनी सुविधा नहीं रहेगी।

एक चिड़िया अरंडी के पेड़ के ऊपर उड़ रही है...हरी-हरी चिकनी डगालें...बिना पत्तों की...गोल-गोल फल, किसी फल पर वह बैठ नहीं सकती...काँटे हैं, डगालों पर ? फिसल सकती है, कँटीले फल से उलझ जख्मी हो सकती है। फिसल सकती है

क्या...यह चिड़िया ?

थोड़ी देर पेड़ के आस-पास चक्कर काटने के बाद उड़ जाती है—पता नहीं कब और किस दिशा की ओर !

''सोनू ! आओ, तुम्हारा होमवर्क करा दूँ।''

''जाते समय मम्मी कह गई थीं—होमवर्क खुद करना। मैथ्स का ही है।'' सोनू अपने कमरे से ही जवाब देता है।

''आओ, मैथ्स मैं समझा दूँ।''

''मम्मी कहती हैं, आपने दूसरे तरीके से पढ़ा है, अब दूसरे तरीके से पढ़ाते हैं।''

यही होता है। वह सोनू से अपने साथ कुछ खेलने को कहे तो भी सोनू कोई बहाना मार देता है या बाहर निकल जाता है। अपनी माँ की तरह सोनू उससे सिर्फ मतलब की बात करता है। रामी ने शुरू से ही उसे दूर-दूर रखा, सोनू में वह भावना ही पैदा नहीं हो पाई जो पिता के लिए होती है। रामी नहीं चाहती कि उसका कोई प्रभाव सोनू पर पड़े। ठीक भी है—क्या वही सोनू को अपने जैसा आदमी, पति...या कि पिता देखना चाहेगा ?

इन्तजार में कि वह सोनू-रामी के लिए कभी कुछ हो सकेगा...वह हिलगा रहा, उसने अपनी जिन्दगी घिसटने दी। वह क्या हो गया है...बाहर अखबार के फटे टुकड़े की तरह उड़ता रहता है, घर पहुँचा तो इस कमरे में बन्द। बाहर कभी दोस्त नहीं बन सके...घर में रामी के साथ जो स्थिति है, वह दबोचे रहती है, किसी के साथ खुलने नहीं देती। क्या हुआ उसका जीवन...क्या शेष भी ऐसे ही गुजर जाने दे ? हिन्दुस्तान में रहकर कुछ और नहीं हो सकता...वह कभी पूरी तरह से खुद को रामी और सोनू से नहीं काट सकेगा और उनके साथ जो है वह यह है। आगे इसके अलावा क्या होगा—सोनू अपना जीवन जीने निकल जाएगा...रामी उसे दूध की मक्खी की तरह निकाल फेंकेगी।

पर बाहर भी क्या है उसके लिए ? इन्हें छोड़ दे तो...संसार...ओर-छोर फैला एक रेगिस्तान, कहीं कोई खूँटा नहीं, कहाँ जाएगा वह...क्या यह वीरानी, अपना अकेलापन बाहर ढो सकेगा वह ?

''सोनू !''

उसे लगा इस बार उसने काफी जोर से आवाज दी है...लेकिन वह मिनमिनाती हुई ही निकली। पिछले कई सालों से उसकी आवाज दबती ही चली गई है। घर में रहते हुए घंटों न बोलना, रामी से बात करते हुए भी उसकी ही ज्यादा सुनना, खुद उतना ही बोलना जितना एकदम जरूरी...वह भी दबे स्वर में...कहीं कोई बात रामी को खराब न लग जाए, बाहरवालों से बातचीत नहीं के बराबर...उसका काम इतना ही कि दरवाजा खोल बता दे कि कोई घर में नहीं है, या मुलाकाती को बैठक में बिठा रामी को खबर कर देना। रामी किसी के साथ बैठी हो वहाँ वह जा भी नहीं सकता। इस सबसे उसकी आवाज काफी धिमा गई, होंठों के बुदबुदाने के थोड़ा ऊपर की ही रह गई है। 'सोनू'...बोलते हुए बाप की आवाज की गर्मी दूर-दूर तक नहीं—वह खुद देख सकता है,

जबकि एक वही जानता है वह सोनू को कितना चाहता है, एक वही तो है जो उसे जिन्दगी से जोड़े हुए है...जो भी थोड़ा बहुत।

"सोनू !" उसने आवाज को और तेज किया।

"क्या है ?" उधर से झुँझलाहट भरा जवाब—"मैं कम्प्यूटर पर हूँ।"

वह सोनू के कमरे में चला आया। सोनू ने कोई ध्यान नहीं दिया, कम्प्यूटर गेम खेलता रहा। वह पीछे खड़ा था, कमरे के बीच...किसी गलत जगह उग आए लकड़ी के खम्भे की तरह। वह खेल में दखल नहीं दे सकता—वाहियात हैं ये कम्प्यूटर के खेल जो किसी के साथ नहीं, अकेले ही खेले जाते हैं। खेल हमें बाहर की दुनिया से जोड़ते हैं, कुछ होता है जब बाहर खेलने जाते हो—दोस्ती, लड़ाई-झगड़ा, गहरा उछाह, खुशी, आत्मविश्वास या कि निराशा...जमीन के ऊपर और फैले आसमान के नीचे फुदकने का अहसास। कम्प्यूटर में क्या—तने बैठे रहना, चूहे को दबाते रहना, सबसे कटे मेज से चिपके रहना। उसका मन हुआ सोनू को यह सब बताए पर हमेशा की तरह फिर किसी ने दाब दिया। सोनू के चेहरे पर गर्व की रक्तिमा उछली हुई थी। यह मशीन लगातार यह भ्रम देती रहती है कि खेलनेवाला किसी बड़े काम में लगा हुआ है। गुरूर ही बेकार होता है, फिर बेकार का गुरूर ? वह एक चलता-फिरता इंजीनियर जिसने एक छोटी-सी ही सही फैक्टरी डाली है, उसे चला रहा है...वह कुछ नहीं, यह पिटारा सबकुछ ?

बात सिर्फ वह नहीं है, पिता की हैसियत की है जिसे रामी ने कभी बनने नहीं दिया, छील-छीलकर काटती रही। ब्याह के बाद रामी अपनी शिक्षा और रिसर्च पूरा करने के लिए मायके ही रही...वह भी वहीं, उसके पिता के घर रहकर दूसरे कस्बे में अपनी फैक्टरी रोज आता-जाता रहा। रेल से रोज अप-डाउन में काफी थकान होती थी...पर रामी की खुशी की खातिर ! सोनू के आरम्भिक वर्ष वहीं बीते जहाँ वह देखता रहा कि उसकी माँ ज्यादा समय अपने गाइड के घर रहती है, उसके घर का काम करती है—खाना बनाती है, कपड़ों में इस्त्री करती है, यहाँ तक कि डाँट और मार भी सहती है...और उसका पिता सब देखते, समझते हुए भी कुछ नहीं कहता, कुछ नहीं करता। उन्हें नाना के घर कितने सालों से छोड़ रखा है, अपने घर क्यों नहीं ले जाता। रामी का कहना था कि वह सिर्फ पत्नी बनकर जीवन गुजारने के लिए नहीं पैदा हुई है, उसे कैरियर चाहिए जो उसे रिसर्च पूरा करने के बाद और गाइड की मदद से ही मिल सकता है। एक वही नहीं, सभी शोध-छात्राएँ यह सब करती हैं। कैरियर के लिए कोई क्या नहीं करता ! वह मान गया...फिर पहला आदमी तो नहीं था वह जो अपनी पत्नी के मन का करने चला हो। उसे क्या मालूम कि रामी का प्रेम पाने के लिए वह जितना उसके मन का करता जाता है, सीढ़ी-दर-सीढ़ी उतना ही रामी की नजरों में गिरता चला जाता है...अब सोनू की नजरों में गिर रहा है।

नौकरी में आने-आने तक रामी की आदत पड़ चुकी थी। शहर बदल गया था पर गाइड अब भी आता-जाता, अपना अधिकार जताता—रामी आज जो थी, उसकी वजह से थी। नौकरी अभी कच्ची थी, उसे पक्का होना था। अक्सर वह रामी को पुराने शहर

बुला लेता, बीमार होता तो रामी दौड़ी चली जाती। नौकरी के बाद सहकर्मी भी थे। रामी सुन्दर न सही, आकर्षक थी, ऊपर से महत्त्वाकांक्षी भी। नौकरी में आने के बाद उसके व्यक्तित्व में स्वतन्त्रता का पैनापन और आ गया था। वह सहकर्मियों के साथ उठेगी-बैठेगी नहीं, उनके साथ 'इन्टरएक्ट' नहीं करेगी, तो आगे कैसे बढ़ेगी। उसे हर चीज में पति की रजामन्दी की आदत भी पड़ चुकी थी। वह दबा-दबा ही विरोध कर पाता जिसे रामी कुचलकर रख देती—'बन्द करो अपनी ये गुजरे जमाने की बातें जब औरत को घूँघट में रखा जाता था...ये दकियानूसी...' वह चुप कर दिया जाता। फिर क्या, सीधे की लुगाई, गाँव की भौजाई ! रामी के नए-नए सम्बन्ध बनने लगे—हर में नयापन, ऊष्मा, आग। रामी तेजी से आगे बढ़ती चली जा रही थी। सोनू देखता—उसकी माँ कभी इसके साथ आती है, कभी उसके साथ जाती है, कभी उसके साथ देर रात तक अकेले में बातें करती रहती है...और उसका पिता कुछ नहीं बोलता ? कहाँ का पापा !

कब और कहाँ बोलता सोनू बेटे ? हर कदम पर ही तो रामी तलाक का ट्रम्पकार्ड दिखा देती थी। उससे छूट जाना, तुम्हें खो देना...मैं यह सोच भी नहीं सकता था, तुम दो के अलावा मेरा था ही कौन...मैं हर हालत में तुम दोनों से जुड़ा रहना चाहता था।

जिन्दगी भी कितनी अजीब चीज है। जिस जगह ही उससे कसकर चिपको, वहीं से खुलक जाती है कमबख्त ! कब उसने रामी को खो दिया...उसे पता ही न चला। वैसे पाया ही कब था ?

क्या सोचता नहीं होगा सोनू कि उसका पिता माँ के कमरे में क्यों नहीं सोता ? माँ सिर्फ अपना और सोनू के खाने का ही खयाल रखती है, उससे कभी यह नहीं पूछा जाता कि खाना खाया या नहीं या आज कौन-सी तरकारी बने ! सोनू के लिए कब क्या लाया जाना है—इसके बारे में भी कभी उसकी राय नहीं ली जाती। सोनू बाहर सड़क पर साइकिल चलाने लायक हुआ था तो उसका बड़ा मन था कि वह उसे ले जाकर साइकिल खरीदवाए—कितनी ऊँची, कैसी सीट, कौन कम्पनी की, किस रंग की। बेटे का साइकिल लेकर सड़क पर उतरना—यह काम पिता को करवाना चाहिए, एक तरह से बच्चे को जीवन में उतारना है यह। वह अपने रुपयों से साइकिल खरीदवाएगा...रामी को हल्के से सुझाया भी। वह बिना कुछ कहे बाहर निकल गई। दूसरे दिन देखा कि सोनू के कमरे में नई साइकिल टिकी थी। सोनू की कोई जरूरत हो, उसे रामी ही पूरा करेगी। कभी नहीं चूकती वह...सोनू पर उसकी गिरफ्त कम नहीं हो जाएगी ! वैसे भी औरतें इस मायने में बेहतर स्थिति में होती हैं...वे बड़े ही स्वाभाविक ढंग से और बड़ी जल्दी लड़कों-बच्चों से चिपट लेती हैं, आदमी बाहर पड़ा रह जाता है, सोचता हुआ।

वह क्या है...एक पुराना लत्ता, धूल भरा, घर के एक कोने में पड़ा। कभी मन करता है—दिल पक्का करके एक बार काट दे सबकुछ, निकल जाए कहीं, शुरू करे नई जिन्दगी। अभी उसकी उम्र ही क्या है—चालीस। जीवन का कुछ हिस्सा तो ऐसे गुजरे कि लगे जिया...कुछ किया। पिछले कुछ महीनों से वह यहाँ का अपना कारोबार

समेट-समाट, बेच-बाचकर दुबई जाने की सोच रहा है। वहाँ अपने एक परिचित के मार्फत बात भी चलाई है। घर क्या, अपने देश के परिवेश को ही काटकर एकदम नई जगह निकल जाएगा...सोचकर उत्साह से भर उठता है मन...उत्साह जो जीवन में सिर्फ एक बार, रामी से विवाह के समय उमगा था। वह इस उत्साह को पकड़कर नए परिवेश में कूद जाए, नई शुरुआत करे...चल पड़े जिधर भी जीवन ले जाता है...लेकिन रामी और सोनू से लगाव...इतने दिनों के लगाव की आदत...पीछे खींचते हैं। वह सोनू के लिए कुछ करना चाहता है, यहाँ रहकर कभी न कभी तो मौका आएगा ही, एक बार निकल गया तो इन लोगों से कट नहीं जाएगा वह...हमेशा-हमेशा के लिए। इस बाबत वह बात करना चाहता है। रामी के साथ बात उठाई तो उसने दो शब्दों में ही खारिज कर दिया—'तुम जानो'...नजरों में उपहास का भाव—तुम्हारे वश का है कुछ...जो जीवन में एक दोस्त तक न बना पाया, जिसे कुछ भी बात करने के लिए एक रामी ही है। वह सोनू से भी बात करना चाहता है—वह छोटा है तो क्या हुआ उसे बताना है जो हिचक उसे पीछे से पकड़े हुए है—यह छोटी-सी फैक्टरी ही तो है जो जीवन में उसका किया हुआ, क्या उसे भी खत्म कर डाले, सोनू के भविष्य के लिए उसका पिता कुछ न छोड़े ? लड़का बाप का उत्तराधिकारी होता है, बाप से कुछ लेता है, सोनू क्या लेगा ?

"सोनू !"

सोनू ने नहीं सुना, वह कम्प्यूटर खेल में खोया रहा तो उसने थोड़ा जोर से पुकारा।

"सोनू, जरा मेरे कमरे में आओगे।"

"अभी नहीं।"

"मुझे तुमसे कुछ बातें करनी हैं।"

"मम्मी से कर लीजिए।"

"जो बातें करनी हैं, वे तुमसे ही की जानेवाली हैं।"

"अभी मुझे फुर्सत नहीं है।"

"अच्छा...खेलने के बाद आ जाना।"

"ठीक है।"

उसने पहले भी गौर किया है कि आसानी से सोनू के मुँह से 'पापा' नहीं निकलता। जब सोनू को कुछ जरूरत हो या उसे ही कुछ बात शुरू करना हो—याने बेहद जरूरी हो तभी वह 'पापा' कहता है...और यह मौका दिनोदिन नहीं आता। वह और उसकी माँ अपने में पूरे हैं, शायद सोनू को शुरू से ही यह तालीम दी गई है। यह भी कितना अजीब कि घर में बात करने के लिए भी खासतौर से कहना पड़ता है, मीटिंग जैसी रखनी पड़ती है, धड़ल्ले से नहीं शुरू कर पाता वह—सोनू से भी नहीं, जिसकी उम्र बारह साल की है और रामी—वह तो बहुत ऊपर है, उससे बात करने के लिए तो कितने दिन पहले से मनसूबे बाँधने पड़ते हैं।

वह निकल ही जाए। सोचता था जब तक सोनू पढ़-लिखकर बड़ा नहीं हो जाता, तब तक फैक्टरी को सँभाले रहे। आज के जमाने में लड़कों को किसी काम पर लगाना

कितना मुश्किल होता है। नौकरियाँ मिलती नहीं, फैक्टरी होगी तो सोनू सड़क पर तो नहीं होगा। वह क्या पढ़े, कहाँ पढ़े, कैसे बड़ा हो...इस सब पर उसका इख्तियार नहीं रहा तो कम से कम इस पर तो हो कि वह सोनू की कमाई सुनिश्चित कर दे—यह पिता का काम है। सोनू फैक्टरी जाने लगेगा, दोनों बाप-बेटे मिलकर काम करेंगे तो शायद वह प्यार जो घर में होना चाहिए, जो जीवन के पहले और दूसरे हिस्से में नहीं रहा...उसकी शुरुआत जीवन की शाम में हो सके !

उम्मीद के एक झीने तन्तु पर लटका हुआ है वह...वरना जो इतने लम्बे अर्से खोखली रही उस जिन्दगी से आखिर के कुछ सालों में क्या निकलेगा भला। दूर की एक उम्मीद की खातिर वह ये कुछ साल जिनमें वह कुछ बन सकता है...क्या उन्हें भी होम कर दे ?

काफी देर वह सोनू पर निगाह रखे रहा—कब उसका मन कम्प्यूटर से उचटता है, कब वह कुछ और करने लगता है। उसके कमरे में तो नहीं ही आएगा, उस बात को तो कहने के फौरन बाद ही भूल गया होगा। वह अपने कमरे में चक्कर काटता रहा, रह-रहकर सोनू को झाँक आता। जैसे ही सोनू ने कम्प्यूटर बन्द किया, वह उसके कमरे में धँस गया और सोनू को बाँध रखने के लिए सीधे-सीधे एक सवाल दाग दिया—

"सोनू बेटे !...तुम क्या बनोगे बड़े होकर ?"

"जो मम्मी कहेंगी।"

"पर तुम्हारा क्या मन है...जैसे होता है न इंजीनियर, डॉक्टर, अफसर, टीचर..."

"आप यह क्यों पूछ रहे हैं ?"

"इसलिए कि फिर उस लाइन की तैयारी सोची जाए।"

"अभी तो मैंने दसवाँ भी पास नहीं किया।"

"वह तो कर ही लोगे कभी न कभी...लेकिन जैसे तुम अपना खुद का व्यापार करना चाहो तो..."

"नहीं...वह नहीं..."

"क्यों...नौकरी में तो दूसरे की गुलामी होती है। व्यापार में खुद तुम मालिक, दूसरों के यहाँ नौकरी करने के बजाय उन्हें अपने यहाँ नौकर रख सकते हो।"

"कहाँ ?"

"अपनी फैक्टरी में।"

"आप जैसी फैक्टरी ?--

"वह भी हो सकता है, उससे खूब बड़ी भी...मेरी ही फैक्टरी को तुम्हारे लिए बड़ा किया जा सकता है...क्यों नहीं।"

"मुझे फैक्टरी नहीं करना।"

"फिर ?"

"छोड़िए बेकार की बातें...मैं केशव के घर जा रहा हूँ।"

उसे एक किनारे से काटता हुआ सोनू निकल गया।

सोनू इंजीनियर नहीं बनेगा क्योंकि वह—उसका पिता इंजीनियर है, फैक्टरी नहीं चलाएगा क्योंकि उसके पिता की है। जो-जो उसके पिता ने किया या कि करता है...वह एकदम नहीं करेगा, दूर-दूर तक नहीं...इतनी नफरत धँस गई है या धाँस दी गई है उसमें।

सोनू गया। घर में वह अकेला छूट गया...जैसे कि हमेशा ही छूट जाता है। रामी और सोनू के जाने के लिए दर्जनों जगहें हैं, उसके पास कोई नहीं...एक फैक्टरी के सिवा। फैक्टरी ही उसका दफ्तर, घर, मन्दिर...सबकुछ। उसे सोनू के लिए सहेजकर रखने की सोचता था, पर सोनू के लिए वह बेकार है, बेकार रहेगी।

बाहर चिलचिलाती धूप फैली है, खुदी हुई क्यारियों की चिलक-चिलक पड़ती मिट्टी, जहाँ कहीं बची-खुची घास के गुच्छे, सूखे, पीले-पीले, सफेद...और कोने में सिकुड़ा वह...अरंडी का पेड़, गर्मी को झेलता...

सोनू बेटे ! मैं तुम्हारे लिए कुछ न कर सका, तुम्हें देने लायक कोई चीज मेरे पास नहीं, भविष्य में भी कुछ नहीं...तो यहाँ रहने का सबब...जहाँ इकलौता बेटा क्षण-क्षण बाप को अपमानित होता देखता रहे, यहाँ तक कि जाने-अनजाने खुद उसे अपमानित करने लगे और उसके मन में कभी ग्लानि भी न उठे। मैं वह बाप न निकला जो लड़के को अपनी तरह का होने की चाह पाल सकता है, कह सकता है कि देखो मैं यहाँ हूँ—इस ऊँचाई पर...उठो, यहाँ पहुँचो। बेटा बाप की नजर में उठे...उसकी बजाय मुझे उठना है तुम्हारी नजरों में।

सिर्फ प्यार करते रहना कुछ नहीं होता...बाप हो जाना भी कुछ नहीं...बाप बनने के लिए कुछ बनना होता है।

तुम्हें नहीं, मुझे कुछ बनकर दिखाना है सोनू !

(जुलाई 2000)

लिथुड़ा अतीत

हॉल के बीच से बाहर-भीतर जाने का जो रास्ता था, उससे लगी हुई सीट पर ही बैठी थी वह। वहाँ से सामने मंच को बिना आगे की सीटों के व्यवधान के देखा जा सकता था। उसने बादामी रंग के टसर सिल्क की साड़ी-ब्लाउज पहन रखे थे। पैंतीस की उम्र पर पहुँचकर उसके चेहरे की चिकनाई फैल गई है, पर त्वचा खुरदरी अब भी नहीं हुई है। वह अब भी आकर्षक है। गोरा रंग, अंडाकार चेहरे पर तीखे नाक-नक्श, बड़ी-बड़ी आँखें...पूरे हॉल में वह दीपशिखा की भाँति प्रज्चलित है...यह वह जानती थी। उसे अहसास था कि इधर-उधर से नजरें लुकाछिपी उस पर आकर गिर रही हैं...वह पुलकित थी, हमेशा की तरह।

सामने मंच पर वह था, मंच के दूसरे जनों के साथ। कुछ महीनों पहले तक वे दोनों करीब थे...रोज फोन पर बात होना और हफ्ते में कम से कम एक दिन जरूर मिलना, घंटों बातें करना। वह इस चीज को नहीं छिपाती थी कि दोनों के बीच प्रेम का रिश्ता नहीं है।

एकाएक सोता सूख गया। उसके फोन आने बन्द हो गए। अपनी तरफ से वह क्यों करती ? किसी को नहीं करती...इससे अपनी पोजीशन गिरती है। वह नहीं भागती किसी के पीछे, उसके पीछे भागें लोग।

उनकी आँखें मिलीं...तो अपनी तरफ से इसने हाथ जोड़कर नमस्कार कर दिया। उसने भी वैसे ही जवाब दिया मंच पर से। उसके बाद जितनी देर कार्यक्रम चला...वह जब भी मंच की तरफ देखती, खुद को उसकी तरफ देखती पाती। वह भी इधर-उधर से आँखें उड़ाता हुआ उन्हें आखिर इसकी आँखों में उलझा देता। वे एक-दूसरे की आँखों में देखने लगते, देखते चले जाते काफी देर तक...।

वे तार...जो उस वक्त दोनों के बीच उग आए थे—उनका अभिप्राय ? उधर से इसके लिए आकर्षण...अब भी, तो दूर क्यों चला गया...किसने कहा था ? और इधर से फिर उसके साथ के लिए लालायित होना...तो बुला क्यों नहीं लिया, एक बार ही फोन कर देती, क्या इज्जत घट जाती थी, उसे प्रेम में होने का अहसास क्यों नहीं ले लेने दिया, कितनों को तो दिया ?

डोरें जो इधर से उधर, उधर से इधर हवा में, औपचारिकताओं के शोरगुल के बीच, टूट-टूट जाने पर भी तन-तन आती थीं जैसे दो व्यक्तियों की उठ-उठ आती हथेलियाँ

थीं जिनसे वे समेटना चाहते थे, वह जो उनके बीच उगा था, फिर सरक गया। पुराना समय लौटा लाने की कोशिश, जो लौटनेवाला नहीं था...फिर भी क्या बेचारगी कि वे हर बार नए सिरे से लपक रहे थे। ये वे चेष्टाएँ थीं जो दोनों तरफ से उन दोनों के बावजूद उठ रही थीं...लम्बे-फैले जीवन में इन अपने आप उठती-गिरती उर्मियों का तात्पर्य ?

कार्यक्रम खत्म हुआ। बीच का वह रास्ता भर गया। वह इधर-उधर झुक आए, गुजरते लोगों से ढक गई...हालाँकि उसे जरूर दिख रही होगी। वह इशारा कर सकता था, उसे हल्की-सी पुकार दे सकता था और लोगों की काई छाँटते हुए वह उस तक दौड़ जाती...पर वह चला गया, भीड़ में अपने लिए कोई अँधेरी गली बनाता हुआ। कब गुजर गया...वह देख भी नहीं पाई।

अपमान...लगता है। ऐसी क्या तोप चीज है वह। गुस्से के पीछे-पीछे एक लाचारगी-सी क्यों उठती चली आ रही है। भीतर कहीं जानती है कि खुद को बड़ी चीज लगानेवाला नहीं है वह शख्स। झरने की तरह बहता है...जिधर भी उसकी प्रकृति उसे बहाती है। उसने अपने लिए यही स्वाभाविक पाया होगा...शायद। तनतनाती हुई वह घर लौट आई।

क्या शुरुआत है यह...जादू खत्म होने की शुरुआत ? सितारे घर को छाए मिलते थे हर रात, जब वह लौटती, रात को कितने ही बजे...अपनी महक से सराबोर। अक्सर तो बरस चुकने के बाद भी वह भरी बदली ही रहती है। तब उसे लगता वह खुद सितारों का गुच्छा है, जिसकी तरफ कोई न कोई, कहीं न कहीं से तकता दिखाई ही दे जाएगा। ऊपर सितारे आज भी चमक रहे हैं...पर उनकी चमक बुझने की ओर सरक रही है, आहिस्ता-आहिस्ता। ऊपर से लोगों की उछलकूद देखते हुए सितारे रेंगते रहते हैं, साथ रेंगती होती है हमारी जिन्दगी। बीतना तो तभी दिखाई देता है जब हम सितारों की रेंग महसूस करने लगते हैं।

घर में तीन कमरे—सबके लिए अलग-अलग। सबसे उधर उसके पति नरेन्द्र का जो भटकते-भटकते जितने भी बजे आए तो जैसे धर्मशाला के कमरे की चारपाई पर आकर धर जाए और खुर्राटे मारे। जागता हो तो घर की चारदीवारी पर लावारिस उगे अरंडी के पेड़ को देखता रहे...खिड़की के पार से। बीच का कमरा उनके बेटे सोनू का—जिसे अभी से हॉस्टल में रहने की आदत डाली जा रही है। तीसरा, सबसे इधर का उसका अपना...भव्य, उसके व्यक्तित्व से लबरेज। नरेन्द्र के कमरे में कोई सामान नहीं, वह खुद सामान है ! सोनू के कमरे में जरूरी सामान...कम्प्यूटर, किताबें, खेलकूद की चीजें। और उसके अपने कमरे में सामान ही सामान...सजने-सँवरने का, बैठकी का, सोने के कमरे का। अल्मारी में ऊपर, रैक्स पर, दीवारों पर सजी भेंटें जो इससे मिलीं, उससे मिलीं, जिन्हें वह मेडल्स की तरह सजाए रखे है।

मेडल्स या कब्रें ! जीवित लोगों की कब्रें ! लोग जो उसके जीवन में आए, चले गए। वह उन्हें वापस नहीं ला सकती...जैसे कि आज मंच पर बैठे उस आदमी को नहीं ला

सकी। क्या यही बचेगा अब...इन कब्रों को देखना, सज-सँवरकर कार्यक्रमों में जाना, भीड़ में बैठ जाना, भीड़ के साथ उठ जाना ? वह भीड़ का हिस्सा...कहाँ वह अलग कोना जहाँ वह चाँद-सा चमकती और छा जाती थी। अभी तो भीड़ में भी उसकी तरफ देखनेवाले हैं, एक वक्त आएगा वे भी न होंगे। खालीपन का शुरुआती छोर है यह...फैलता चला जाएगा आगे और आगे...और लम्बा होता हुआ। ऊपर फैली खालीपन की लम्बी चादर के नीचे इधर से उधर उतराती होगी वह...अकेली एक मकड़ी, अपना जाला बुनने के भी नाकाबिल।

क्यों वह अकेली होगी ? उसका बेटा सोनू होगा उसके पास। बहू, उसके बच्चे होंगे। पति नरेन्द्र को भले ही उपेक्षा, यहाँ तक कि प्रताड़ना मिली हो उससे, इकलौते बेटे सोनू की एक-एक इच्छा दौड़-दौड़कर पूरी की है उसने, उसे कोई कमी नहीं होने दी—बाप की भी नहीं। बाप को उठा लाई...जैसे बाजार से कोई चीज ले आती थी, सोनू के लिए। सोनू को पग-पग पर अहसास कराया है कि वह उसे कितना चाहती है, उसकी परवरिश को लेकर वह कितनी सजग है। बेशक वह भटकती रही है पर यह भटकाव सोनू के बड़े होने तक ही है, उसके बाद स्थिरता अपने आप आ जाएगी...लेकिन सोनू ही बड़ा होकर कुछ का कुछ निकल गया तो, आखिर वह देखता तो रहा है—माँ का दिनोंदिन देर से आना, नए-नए पुरुषों के साथ अन्तरंग होना, उसके पिता की उपेक्षा करना—उन्हें अपमानित करना, घुड़कना, यहाँ तक कि एक कमरे में डालकर सड़ाना। वह सोचती है कि सोनू जब बड़ा हो जाएगा तो वह खुद उसे समझाएगी, एक दोस्त की तरह, वह उसके पक्ष को जरूर समझेगा...लेकिन न समझा...उसके भीतर कोई दंश रह गया तो...? इस उम्र के जख्म बहुत दिनों तक ताजे रहते हैं, उन्हें आसानी से नहीं भरा जा सकता, तर्कों से तो और भी नहीं...

नरेन्द्र !

पुकार भीतर से उठी, पर उसके होंठों ने ही उसे दाब दिया। सोनू की कोई आवाज उस तक नहीं पहुँच रही थी। नरेन्द्र के कमरे से खुर्राटे बाहर आ रहे थे...चूहे के बच्चों की तरह एक पर एक, नरेन्द्र के खाली कोनों से उठकर बाहर बहती आवाजें...जैसे जंगल में ज़ीव-जन्तु कभी यह, कभी वह...आवाज कर रहे हों। बेतरतीब आवाजें जैसे इधर-उधर से उठतीं, आपस में उलझतीं, गुत्थमगुत्था होतीं, लड़-झगड़, टुकड़ों में टूटकर आपस में मिल जातीं। आखिरी छोर पर एक खोखला क्रन्दन रात के सन्नाटे में टंगा रह जाता। वह हवा में पूरी तरह घुल पाता कि आवाजें खाली कोनों से फिर निकल पड़तीं, नए सिरे से। क्या कहती हैं ये आवाजें ?

नरेन्द्र के कमरे तक...मात्र कुछ कदम, लेकिन फासला इतना लम्बा कि दो जीवन भी उसे न पाट सकें। विवाह के लिए जब उसकी तरफ बढ़ा था नरेन्द्र तो उसने साफ देखा होगा कि वह माँ-बाप के यहाँ कम, अपने गाइड के घर ज्यादा रहती है, गाइड जो अपने परिवार को गाँव में छोड़ अकेला उस शहर में रह रहा था। उसके लिए खाना बनाती है, कभी-कभी बर्तन-कपड़े भी धो देती है, देर रात उसके यहाँ से आती है। गाइड

उस पर जब-तब हाथ भी चला देता है। वह सब सहती है क्योंकि गाइड न केवल उसकी रिसर्च पूरी कराएगा, उसे नौकरी भी दिलवाएगा। इधर की अधिकतर लड़कियाँ ऐसा ही करती हैं, गाइड शोध-छात्राओं को अपनी दूसरी पत्नी की तरह रखना अधिकार मानते हैं। विवाह के लिए माँ-बाप की जल्दबाजी समझ में आती थी...उस छोटे से कस्बे में उन्हें तरह-तरह के ताने सहने पड़ते होंगे...बात आगे न बढ़ जाए, उसके पहले ही वे निपट जाना चाहते थे। वह स्वयं जरूर बेधड़क थी, जैसे आगे भी रही...बला का आत्मविश्वास, अपने मन का जीवन जीने की ऐसी जिद जिस पर उसका काबू नहीं था। उसे ही पकड़कर चली। जीवन से क्या निकाल लेना चाहती थी, मिला क्या वह...मोटी-मोटी लहरों के थपेड़े पड़ते रहे, थपेड़ों में इधर-उधर होती रही। यहाँ पहुँचकर मन का जीवन जीने का तोष भी नहीं...सिर्फ छूँछापन !

सुहागरात मनाने के लिए वे पास के बड़े शहर गए थे। नरेन्द्र से पूछो कि कहाँ जाना है तो उसका मुँह ताकने लगता है—'जहाँ तुम कहो।' एक होटल से दूसरे, दूसरे से तीसरे—कहीं जगह नहीं। रात भर उस शहर में तिपहिए पर घूमते रहे। तीन बजे सुबह जाकर एक कमरा मिला...तब तक वह थककर चूर थी, ऊब और खीज से और ज्यादा। उसने एक तकिया नरेन्द्र की तरफ फेंका और अलग सो जाने को कहा—जैसे फिल्मों में देखा था। उस रात ही जैसे आगे का सब तय हो गया। वह 'सर' की तरफ फिर दौड़ गई। सर अधेड़ और सींकिया, चूहा मूँछ और मोटे चश्मेवाला...पर क्या हुड़क। नरेन्द्र की नई उम्र, सुडौल बदन और चिकना चेहरा...पर फुस्स, रूई का गुच्छा। वह चलाने लगी नरेन्द्र को, जैसे 'सर' चलाते थे उसे—रिसर्च पूरा होने तक वह माँ-बाप के घर ही रहेगी, 'सर' के यहाँ वैसे ही आती-जाती रहेगी। नरेन्द्र को कोई आपत्ति नहीं, ससुराल में रहकर वह अपनी फैक्टरीवाले शहर अप-डाउन कर लिया करेगा।

नरेन्द्र ! तुमने उस वक्त ही क्यों नहीं अपना पैर जमा दिया। तब कितना आसान था। कितने लोग सुधार लेते हैं, विवाह के होते ही। अब कितना कुछ गुजर चुका उस पर से। वह क्या हो गई...और नरेन्द्र ? वह भी तो वही नहीं बचा होगा। उसकी पत्नी के जीवन में जो-जो हो रहा था, उसकी छाया नरेन्द्र पर भी तो पड़ती रही होगी...बराबर, वह कहे या नहीं। वह और सिकुड़ता चला गया।

ऐसा नहीं कि उसने नरेन्द्र के साथ कोशिश नहीं की। नौकरी लग जाने के बाद अपना तबादला उस शहर कराया जहाँ नरेन्द्र की फैक्टरी थी कि वे साथ रहें। तब तक गाइड के पास दूसरी शोध-छात्रा पहुँच चुकी थी। बौद्धिकता के छद्म के पीछे लड़कियों का जो शोषण वह करता था—वह सामने आ चुका था। उससे छिटककर वह अपनी लाइन पर चलने के लिए निकल आई थी...लेकिन नरेन्द्र का वही स्वभाव—हर चीज के लिए उसकी तरफ तकना, उसकी हर बात मान लेना, हर परिचित के लिए अपने घर का दरवाजा खोल देना और अपनी पत्नी के पास कहीं तक आने देना। वह कहता उसे हर वह चीज करने में खुशी मिलती है जो उसकी पत्नी को अच्छी लगती है। तुम्हें क्या मालूम नरेन्द्र मुझे क्या अच्छा लगता था, जब मैं ही आज तक मालूम न कर सकी। वहीं

से...धीरे-धीरे तुम्हारी पत्नी की एक जीवन शैली निकल आई...नया पुरुष उसे एक किले की तरह लगता जिसे फतह करने में ही उसे अपने सौन्दर्य और आकर्षक व्यक्तित्व की आश्वस्ति मिलती, हर नया व्यक्ति एक रहस्यमय द्वीप था जिसे ओर-छोर, बाहर-भीतर घूम आने की तीव्र आकांक्षा उससे मिलते ही जाग उठती थी। नरेन्द्र की तरफ देखते ही उसका मुँह टेढ़ा हो जाता, वह उसे तरेरकर देखती, गुर्राती, उस पर झपट पड़ने, उसे रौंद देने को आतुर हो उठती...एक खूँखार बिल्ली की तरह।

किस किस्म का शख्स था वह ? बीवी किसी और के साथ चली जाती है, देर रात किसी के साथ अकेली बैठी रहती है और उस पर कुछ असर नहीं। शायद नरेन्द्र आदी था, शादी के पहले अपनी होनेवाली पत्नी का यही रूप देखा था और स्वीकार कर लिया था। नरेन्द्र का चेहरा हमेशा भसके हुए रसगुल्ले-सा। कुछ भी होता रहे, वहाँ कोई खिंचाव नहीं, कोई भाव नहीं। अपने लिए नाकाबिल, उसके लिए नाकाबिल। प्यार के लिए नाकाबिल, नफरत के लिए नाकाबिल। उससे नाराज भी होना अपने को जाया करना ही है...गिलगिली काली मिट्टी, जो उंगलियों से चिपककर रह जाती है। न उसका कुछ बनाया जा सकता है न उसे छिटकाकर फेंका जा सकता है।

जिस रफ्तार से उसका व्यक्तित्व नए-नए लोगों में बहने लगा, उसी रफ्तार से उसमें नरेन्द्र के लिए नफरत बढ़ती गई। फिर एक वक्त ऐसा आया जब आगे झेलना उसके लिए मुश्किल हो गया—नरेन्द्र छूता तो उसकी उंगलियाँ ऐसी लगतीं जैसे जिस्म के उस हिस्से पर छिपकली रेंग रही हो...घिन, गिजगिजापन, डर, क्रोध...सब एकसाथ, कुछ सोचने के पहले ही वह झिटक देती। आखिर नरेन्द्र को उसने यह बता दिया, ऐसा है तो साथ-साथ कैसे रहा जा सकता है, एक-दूसरे को धोखा देना है यह। हमेशा की तरह नरेन्द्र मान गया। एक ही शहर में वे अलग-अलग रहने लगे...तीन साल तक रहे। सोनू बड़ा होने लगा तो उसे चिन्ता हुई...सोनू को पिता भी चाहिए ! तो वह नरेन्द्र को उठा लाई। उसने तय किया कि तीनों एक छत के नीचे रहें लेकिन नरेन्द्र और वह पति-पत्नी की तरह नहीं, अलग कमरों में रहेंगे, एक-दूसरे के जीवन में दखल नहीं देंगे। नरेन्द्र को यह भी मंजूर। अब कब वह फैक्टरी जाता है, कब आकर अपने कमरे में घुस जाता है, अपने रुपयों का क्या करता है...उसे कुछ नहीं मालूम, जैसे कि उसका नरेन्द्र को मालूम नहीं। उसके जीवन को भरने के लिए दोस्त हैं...पुरुष मित्र, नरेन्द्र के पास क्या है ! जिस तरह का वह बना है, शायद उसे जरूरत ही नहीं। एडजस्टमेंट...जो चल पड़े वही ठीक, चल रहा है।

फाँसों की चुभन जैसे सवाल एक नहीं, कई-कई...

सबकुछ जानते हुए भी नरेन्द्र ने उससे शादी क्यों की, बाद में सब देखते-समझते हुए भी अपनी तरफ से उससे अलग क्यों नहीं हुआ, एक तरह से बाहर निकाल दिया गया तो जैसे ही मौका मिला, लपककर वापस क्यों आ गया, नरेन्द्र को उससे वह नफरत क्यों नहीं होती जैसी उसे होती है ?

और वह...जब वह पूरी तरह गाइड की थी तो नरेन्द्र से शादी की मंजूरी क्यों दी,

बाद में भी जब हर तरह से स्वतन्त्र थी तो नरेन्द्र को छोड़ किसी और से शादी क्यों नहीं कर ली ? शायद वैसा कोई मिला नहीं। जीवन में इतने आए-गए, किसके लिए वह प्रेम महसूस कर सकी ? ज्वार उठता था पर उतनी ही जल्दी बैठ जाता, एक लय पर लगातार चलनेवाला भावोन्मेष किसी के लिए नहीं बन पाया। हर बार गाइड के साथ का उसका इतिहास उसकी एक खास तरह की छवि पहले ही प्रस्तुत किए होता। वह प्रेमिका नहीं, भोग्या ही हो सकती थी। उसका सबकुछ बासी है...सामनेवाले की नजर में उतराने से पहले यह ग्रन्थि उसमें ही आ बैठती। गाइड के बच्चे ने अपने प्रसंग का एक ठिंगरा उसके गले में हमेशा-हमेशा के लिए डाल दिया...वह अतीत उसकी त्वचा हो गया था। जैसे दूसरे अपने अतीत को पूरी तरह मिटाकर नया जीवन शुरू कर लेते हैं वह नहीं कर सकी, किसी मुकाम पर नहीं। वह खूसट उसके जीवन में अब भी घुसा हुआ है। हट जाने के कितने इशारे उसे दिए, अपमान पर अपमान किए पर वह बेशर्म है। मोटे चश्मे के पीछे आँखों की डूबती रोशनी, झूलती देह, सफेद बाल...सबको दरकिनार कर लगा हुआ है। जब चाहे बिना बताए चला आता है। उसके पास कोई मित्र बैठा हो...तब वह और बेतकल्लुफी से पेश आता है, उसके जीवन में अब भी अपना होना दर्ज कराता है...जैसे आज इतने सालों बाद भी वह उसकी सम्पत्ति है, हमेशा थी। नाकामयाब होने पर भी वह चिपकने की कोशिश करता रहता है...जैसे कोई मिट्टी के गीले लौंदे दीवार की उखड़ी जगह पर छप्प-छप्प मारे, हर बार वे नीचे आ गिरें तो उठाकर फिर छप्प से मारे..लिथुड़े अतीत के लौंदे ! नरेन्द्र की उंगलियों से ही जिसे घिन छूट जाती है वही स्वेच्छा से कैसी गन्दगी से घिरी रहती है।

कैसी विडम्बना...कि वह आदमी जिसके रेशे-रेशे से वह नफरत करती है—बौद्धिक के आवरण में छिपा बेईमान, शोषण के खिलाफ बोलने-लिखनेवाला जो सारे जीवन छात्राओं का शोषण करता रहा, पाखंडी, खोखला, व्यभिचारी...जीवन में एक इसी से पूरा प्रेम कर सकी वह, भले ही तब ! इस आदमी ने उसकी खुलती उम्र में उसके शरीर के साथ-साथ प्रेम की एक-एक कोमल पंखुड़ी को रौंद डाला। उसके बाद कहीं कोई कोमल तन्तु नहीं पनप सका...वह कोशिश करती रह जाती। जो उस आदमी ने सोख लिया था, उसे पाने के लिए वह भागती...इस आदमी से उस आदमी तक, उस आदमी से उस आदमी तक...भागती रही, भागती रही।

नरेन्द्र ! मैं तुम्हारे पास आना चाहती हूँ...तुमने मुझे इस राक्षस से तभी अलग क्यों नहीं कर लिया, तुम्हारी पत्नी मैं और अधिकार जताता फिरता है वह...आज भी। अगर मैं इस आदमी को घर से बाहर नहीं फेंक सकती तो तुम क्यों नहीं फेंक देते ! उठो नरेन्द्र...

सलाखों के पार से आती चाँदनी बरामदे में बिछी है, आयताकार। जैसे सफेद पगडंडी का एक टुकड़ा उसके कमरे के बाहर से बरामदे-बरामदे नरेन्द्र के कमरे तक जाता है। लहर उठती है कि वह चाँदनी के उस टुकड़े को पकड़ ले, उस पर सरकती-सरकती नरेन्द्र तक पहुँच जाए। अभी भी देर नहीं हुई, शुरुआत फिर हो सकती है...

अपाहिज की तरह वह वहीं खड़ी रह जाती है...कीलों की चुभन अपने में झेलते हुए, नरेन्द्र के खुर्राटे सुनते हुए। वह एक कदम चलने को होती है तो जैसे कोई दो कदम पीछे खींच लेता है...स्वभाव, उसका अपना...जो बन चुका इस बीच। इच्छा और स्वभाव के दो पाटों के बीच पिसती उसे कोई यहाँ से निकाले, विक्षिप्ति के जो तार उसे दसियों दिशाओं में खींचते हैं, उन्हें काट दे, गंदे कीचड़ में आकंठ डूबी उसको उठा ले, ऊपर और ऊपर...ले जाकर वहाँ रख दे जहाँ वह होती है जिसे स्वच्छता कहते हैं, जिसे वह नहीं जानती, नहीं ज़ान पाई है। है कोई ?

(मई 2001)

नया घर

और आज सुबह सोनू ने उसे बैठक के दीवान पर पड़े देखा।

दीवान पर हमेशा बिछे रहनेवाले रंगीन चादर के ऊपर सफेद चादर बिछा दिया गया था। दूसरी सफेद चादर उसने आधा ओढ़ रखी थी। वह स्लीपिंग सूट में था—वही जो मम्मी सोते समय सोनू को पहनने को कहती रही है। उसके पैर दीवान के थोड़ा बाहर निकले थे...भद्दे पैर, लम्बे, फैली-फैली उँगलियाँ—ऊटपटाँग, कोई लम्बी तो कोई छोटी। उसने ओढ़नेवाले चादर को मोड़-मोड़कर अपनी टाँगों और जाँघों के बीच फँसा रखा था। वह औंधा लेटा था—दोनों बाजू तकिए पर, बीच में टेढ़ी गर्दन। चेहरा इसी तरफ था, जैसे आँखें बन्द किए हुए भी वह सोनू की तरफ देख रहा था...

हल्के खुर्राटे चल रहे थे। साँस छोड़ते समय उसके होंठ एक कोने से थोड़ा खुल जाते और अजीब-सी आवाज करते हुए मुँह की हवा बाहर फेंकते थे। सोनू वितृष्णा से उसकी एक-एक चीज को देखे जा रहा था, कि तभी मम्मी नाश्ता लिए रसोईघर से निकलीं, रसोईघर के दरवाजे से ही उन्होंने सोनू को कतई आवाज न करने का इशारा किया...जैसे वह आदमी बहुत महत्त्वपूर्ण था, उसकी नींद और भी ज्यादा...जिसमें खलल नहीं डाला जा सकता था। इशारे से ही उन्होंने सोनू को मेज पर नाश्ता करने के लिए बुला लिया।

''उन्हें देर हो गई थी, मैंने रोक लिया।'' एक छोटा-सा जुमला, फुसफुसाहट में उसकी तरफ फेंका और नाश्ता लगाने लगी...बेआवाज।

नया आदमी जो उनके घर में घुस आया। कोई बाहर शहर से आया मेहमान नहीं, इसी शहर का रहनेवाला। उनके यहाँ आता-जाता तो था, पिछले दिनों से आना-जाना कुछ ज्यादा ही हो गया था। बैठक में नहीं, मम्मी के कमरे में बैठता। कमरा भीतर से बन्द अपने आप हो जाता है। एक किवाड़ की सिटकनी चढ़ी होती है, दूसरे किवाड़ पर डोर क्लोजर। पापा या उसके अपने कमरे में डोर क्लोजर नहीं है। रात को उसे देर हो गई, एकाएक रुकने का हुआ तो स्लीपिंग सूट कहाँ से आया ? क्या वह साथ लाया था...पापा का तो नहीं है, इसे आएगा ही नहीं, लम्बा है। मम्मी पापा का उठाती भी नहीं, वे उनकी कोई चीज नहीं छूतीं।

पहली बार जब उसे मम्मी के कमरे में बैठा देखा था, तो मम्मी ने सोनू को बुलाकर मिलवाया था—''ये हैं अंकिल प्रेमनाथ—मेरे दोस्त और यह है सोनू...मेरा प्यारा बेटा।''

कहते हुए मम्मी ने सोनू को अपने से चिपका लिया था। आदमी ने "हलो बेटे !" कहते हुए एक मुस्कान सोनू की तरफ फेंकी थी, जैसे जादूगर ने हवा में मुट्ठी बन्द कर मुस्कान पकड़ी और 'हलो बेटे' कहते हुए उसे मुट्ठी में बन्द राख की तरफ फूँ करके सोनू की तरफ उड़ा दिया। तब उसके मोटे मांसवाले चेहरे पर, जो बनावटी मुस्कान के साथ इधर-उधर कहीं से भी खिंच गया था, सिकुड़नें ही सिकुड़नें फैल आई थीं। सोनू को घिन आने लगी थी और उसने फौरन बाहर निकल जाने के खयाल से आँखें दरवाजे की तरफ कर ली थीं।

वह कहीं से भी आकर्षक नहीं था। उसकी लम्बाई अच्छी थी, तोंद-वोंद नहीं थी पर शरीर तन्दुरुस्त होने की बजाय मोटा-मोटा लगता था। सिर पर बाल अधपके और कम, रंग साँवला, चेहरे पर महीन चेचक के दाग। ऐसा चेहरा जैसे नाना के यहाँ सवेरे-सवेरे छोटी गुर्सी की राख होती थी, जिस पर वे जाड़े की रात में तापा करते थे। कपड़े वह जरूर साफ पहनता था जैसे कि आज यह स्लीपिंग सूट ही। बाहर चमकते जूते होते और घर के बाहर चौकलेट रंग की कार खड़ी होती।

उस दिन सोनू दो मिनट में ही मम्मी के कमरे से बाहर और फिर खेलने चला गया था। बाद में भी ऐसा हुआ कि या सोनू बाहर हुआ या उसके आने के कुछ ही देर बाद यह चला गया...या सोनू का ही बाहर जाने का मन हो गया...लेकिन आज स्कूल जाने का मन नहीं हो रहा था। लगता था, सोनू तब तक घर पर रहे जब तक यह आदमी चला नहीं जाता या पापा जाग नहीं जाते। क्या पापा को जगा दे...उनका कमरा भीतर से बन्द था।

सोनू मम्मी के दोस्तों की तरफ ज्यादा ध्यान नहीं देता, वे तरह-तरह के होते हैं, आते रहते हैं। उनके किसी दोस्त के साथ पापा को कभी बैठे नहीं देखा। मम्मी अक्सर पापा को बुरी तरह झिड़क देती हैं। पापा जोर से नहीं बोलते, वे मम्मी के सामने कम आते हैं, ज्यादातर अपने कमरे में रहते हैं। कोई उनसे ज्यादा बात नहीं करता, वे खुद भी कम बोलते हैं। सोनू कभी-कभी चाहता है कि उनसे बातें करे लेकिन बोर बातें करते हैं वे, जैसे बन-बनकर बोल रहे हों। मम्मी जैसे फर्र से मतलब की बात बोलती हैं, पापा बात पर आने के पहले इधर-उधर चक्कर काटते रहते हैं। मम्मी आज की, इसी वक्त की बातें करती हैं, पापा आगे की, जाने कितनी दूर की बातें किया करते हैं जैसे कि तुम क्या बनोगे—डॉक्टर इंजीनियर या फैक्टरी मालिक। पापा उससे बहुत बात नहीं करते। पापा के एक भी दोस्त नहीं, मम्मी के दोस्त-ही-दोस्त हैं। सोनू ने अपने दोस्तों के यहाँ देखा है—उनके माँ-बाप साथ चलते हैं, दोनों के दोस्त भी एक होते हैं, ज्यादातर उनकी तरह मियाँ-बीवी। सोनू के मन में क्या कभी यह इच्छा उठी कि उसके माँ-बाप भी ऐसे होते...शायद नहीं, क्योंकि उसने अपने माँ-बाप को शुरू से ही ऐसे देखा—दोनों अलग-अलग, अपनी राह चलते हुए। मम्मी के दोस्तों में औरतें कम आदमी ज्यादा, जो मम्मी के दोस्त वे पापा के नहीं। पापा के कुछ दोस्त पहले होते थे, फिर कम होते चले गए। वे अपने में ज्यादा रहते हैं...फैक्टरी से घर, घर से फैक्टरी। मम्मी घर में कम, बाहर

ज्यादा रहती हैं।

स्कूल बड़े बेमन से गया सोनू। पहली मर्तबा नहीं है कि मम्मी को किसी के साथ देखा हो। वे अक्सर किसी के साथ बाहर जाती होती हैं, कई बार रात को किसी के साथ लौटती हैं...पर सोनू को वे कभी खराब नहीं लगीं। वे ऐसी ही हैं। जब से उन्हें देखा ऐसे ही देखा। वे किसी की भी दोस्त हो जाती हैं, कभी यह है तो कभी वह। अब वे नहीं हैं दूसरी औरतों की तरह कि औरतों के बीच ही बैठें, औरतों की बजाय उन्हें आदमियों के बीच होना ज्यादा अच्छा लगता है...तो ? वे सोनू को बहुत चाहती हैं, वह भी मम्मी को बहुत चाहता है, मम्मी पापा से जरूर अच्छे से नहीं बोलतीं, पर पापा हैं ही ऐसे—गुमसुम, जाने किन गुत्थियों में उलझे हुए। दोनों की बनती नहीं...सोनू यह जानता है। कुछ साल पहले पापा अलग रहने चले गए थे। फिर आ गए। मम्मी ने सोनू से कहा था—"मैं जानती हूँ बेटे, तुम्हें पापा भी चाहिए। तो मैं यहाँ तुम्हारी खातिर उन्हें ला रही हूँ, हालाँकि हमारी पटती नहीं है। तुम अभी नहीं समझोगे। बड़े होकर सब समझ जाओगे। मैं तुमसे कुछ नहीं छिपाऊँगी, सब सच-सच बता दूँगी...जिस दिन तुम समझनेवाले हो जाओगे...।"

समझनेवाला क्या अब भी नहीं हुआ सोनू ? तेरह साल का हो गया, आठवें दर्जे में है। समझ सकता है कि कुछ पति-पत्नियों में नहीं पटती, तलाक भी हो जाता है, मम्मी पापा का भी हो गया होता अगर वह बीच में न होता, हो गया होता तो वह मम्मी के पास रहता, मम्मी पापा को ले आईं ठीक है...न लातीं तो भी उसके लिए कुछ फर्क नहीं पड़ता। अभी पापा हैं...तो वह कितना उठता-बैठता है उनके पास, कितनी बातें करता है उनसे ? मम्मी कहेंगी कि यह वह आज सोचता है, जब वे पापा को वापस लाईं तब मुझ पर असर पड़ सकता था। पता नहीं...क्या असर पड़ता, कैसा ! अच्छा, मम्मी या पापा में से कोई न हो तब...? सोनू को किनके बिना खराब लगेगा ? पापा के न होने का तो उसे पता भी नहीं चलेगा। अभी नहीं चलता। मम्मी पापा के सहारे उसे छोड़कर चली जाती हैं, कितनी बार अपनी नौकरी के सिलसिले में उन्हें बाहर जाना पड़ता है, लेक्चरर हैं, एन.सी.सी. इंचार्ज हैं, लड़कियों का कैम्प लेकर जाती हैं...दस-दस दिनों के लिए जाती हैं—तो सोनू को बहुत खराब लगता है। वे एक-दो दिनों के लिए भी जाएँ तो घर आने का मन नहीं करता ! खाना अच्छा नहीं लगता...हालाँकि मम्मी जब होती हैं तब भी वे नहीं, बाई ही खाना बनाती है...पर उनका निकालकर देना, पास बैठ जाना...या घर में होना ही कितनी बड़ी बात होती है। मम्मी चली जाती हैं तब पापा उसका खूब ध्यान रखते हैं...बाई खाना बना जाती है कि नहीं, उसे समय पर दूध मिलता है या नहीं। वे तो वैसे भी कहीं नहीं जाते, उन दिनों सोनू की खातिर फैक्टरी भी नहीं जाते लेकिन उनका घर में होना या न होना एक जैसा लगता है सोनू को।

मम्मी का कुछ भी खराब नहीं लगा सोनू को...उनका किसी के भी साथ घूमना-फिरना, रात-रात निकल जाना, देर से आना, किसी के साथ बन्द कमरे में बैठना, सोनू को पापा की देखरेख में छोड़कर चला जाना...दिनोंदिन को जाना, कुछ भी नहीं।

न ही कभी उसके मन में यह हुआ कि वे पापा के लिए इतनी कठोर क्यों हैं—होंगी, ये बड़ों की बातें हैं, वे जानें, पापा जानें...

लेकिन आज यह काँटा जैसा क्यों खटक रहा है—यह नया आदमी, उसका अपने घर न जाना, सोनू के घर पड़े रहना...जैसे कि यह उसका घर हो। वह अपने घर क्यों नहीं जाता। सोनू को वह दुश्मन जैसा क्यों लग रहा है ! पहले कोई नहीं लगा, यह भी पहले कहाँ ऐसा लगा। कैसे ठाठ से सो रहा था, जैसे उसके बाप का घर हो ! क्या वह हमारे यहाँ ही रहेगा, तो कहाँ सोएगा—पापा के कमरे में, (उनसे तो वह बात ही नहीं करता) सोनू के कमरे में (वहाँ क्या करेगा) मम्मी के कमरे में (ईश्वर न करे !) ? शायद ऐसे ही ड्राइंग रूम में। फिर यहाँ रोज-रोज कितने दिनों तक। क्या इस मामले में पापा-मम्मी की बात नहीं होनी चाहिए...पर मम्मी पापा से बात नहीं करेंगी। वे कहती हैं घर उनका है, उनकी नौकरी की वजह से मिला है। इसलिए घर की हर चीज वे तय करती हैं, सोनू से पूछ लेती हैं कभी-कभार। सबसे अच्छा कमरा उनका है, घर की मालिक वे हैं, पापा नहीं ! कभी-कभी सोनू को दया आती है पापा पर...लेकिन वह क्या करे अगर 'पापा नहीं बन सके मालिक, और उनके कहने से मम्मी पापा को तो मालिक बना नहीं देंगी, वे उनसे बात भी नहीं करेंगी, अगर उन्हें नहीं करना...

इस मामले में मम्मी पापा से बात नहीं करतीं तो न करें, सोनू से तो करें...लेकिन क्यों ? जब पापा का कोई दखल नहीं तो सोनू का कैसे...वह तो अभी बच्चा है उनके हिसाब से। नहीं, मम्मी को बात करनी होगी, क्योंकि सोनू घर में रहता है और सोनू को अच्छा नहीं लग रहा उस आदमी का हमारे घर में सोना। क्यों अच्छा नहीं लग रहा—यह वह नहीं जानता।

सोनू जब स्कूल से लौट रहा था तब भी मन में खललबलल थी, दिन-भर रही थी। क्या वह आदमी अब भी घर में होगा...होगा तो सोनू उससे किस तरह पेश आएगा। अगर वह बैठक में हुआ तो सोनू को कोई मतलब नहीं, चुपचाप खाना खाकर अपने कमरे में घुस जाएगा। खराब तो लगेगा। अगर वह और मम्मी दोनों उनके कमरे में हों तो उतना खराब नहीं लगेगा, कितनी बार वह ऐसे अन्दर रहा है...लेकिन मम्मी तो अभी कॉलेज से लौटी नहीं होंगी। वह अकेले ही मम्मी के कमरे में हुआ...तो सोनू को बहुत खराब लगेगा और वह उस आदमी से कह भी देगा...वह कैसे मम्मी की नामौजूदगी में उनके कमरे में बैठता है। पापा होंगे तो भी नहीं बोलेंगे—सोनू जानता है, पर पापा नहीं बोलते तो क्या वह भी न बोले ? किसी ऐरे-गैरे को यों अपने घर में आकर पसर जाने दे...

अच्छा हुआ कि वह आदमी नहीं था। मम्मी भी नहीं थीं। सिर्फ पापा थे, हमेशा की तरह, अपने कमरे में घुसे हुए। सोनू ने उनको ही पकड़ लिया, हाथ-धोकर मेज पर लगा खाना खा रहा था, वहीं से पापा को आवाज दी—

"पापा ! आपने खाना खा लिया ?"

पापा को अचरज हुआ। यहाँ यह उनसे कोई नहीं पूछता था, न ही ऐसी परम्परा

थी कि उन्हें सोनू के साथ खाना है। होती तो वे जरूर रुकते, उन्हें अच्छा लगता साथ खाना। सोनू ने दोबारा पूछा तो उन्होंने अपने कमरे से बाहर निकलकर हाँ कर दिया।

"उन अंकल के साथ खाया क्या ?"

"कौन, किसके साथ ?"

"वे जो रात में दीवार पर सोए थे—प्रेमनाथ अंकल।"

"मुझे नहीं मालूम। मैंने जब खाया तब घर में कोई नहीं था।"

"वे अंकल कितने बजे गए ?"

"पता नहीं, मम्मी से पूछना। उन्हें ही मालूम होगा।"

गुस्सा आया सोनू को—तुम्हें नहीं मालूम, कुछ नहीं मालूम। इसीलिए तो इस तरह पड़े रहते हो...तुम क्यों नहीं बाहर निकलकर बोल सकते, दहाड़ सकते।

"आपको कहना चाहिए।"

"क्या...किससे ?"

तभी उसकी निगाह पापा के चेहरे पर गई—वह अत्यन्त दयनीय था, डरा हुआ...वे कुछ कहते उस आदमी से या मम्मी से, तो मम्मी क्या गत बनातीं उनकी ! उसने पापा को वहीं छोड़ दिया। हाथ धोने उठ गया, हाथ धोकर अपने कमरे में। वही बात करेगा मम्मी से। किसी को तो बात करनी होगी।

शाम को मम्मी के घर में घुसते ही उन्हें घेर लिया सोनू ने—"क्यों किया मम्मी आपने यह ?"

"क्या किया ?"

"उसे क्यों सोने दिया यहाँ ?"

मम्मी एक पल को ठिठक गईं, सोनू का तेवर देखकर। उसकी तरफ देखती रहीं, एकटक। क्या हो गया इस लड़के को एकाएक ! यह कौन होता है उसके किसी मित्र के बारे में उस-उस करके बात करनेवाला ! उन्हें बतानेवाला कि वे अपने घर किसे ठहराती हैं !

"सोनू...पहले इस भाषा में बात करना बन्द करो।" उन्होंने सख्ती से कहा।

"किस भाषा में?"

"यह 'उस-उस' क्या होता है ?...

"क्यों ? वह आदमी मुझे अच्छा नहीं लगता...बस।"

"जिसे तुम जानते तक नहीं, उसके बारे में तुमने पहले से ही यह तय कर लिया ! चलो इस बारे में हम बात करेंगे।"

"करो न...क्या करना है।"

"अभी नहीं...रात खाने के बाद मेरे कमरे में। अभी सिर्फ यह कि तुम्हें 'उस-उस करके बात नहीं करनी है उनके बारे में, किसी के बारे में इस तरह बात नहीं करनी है।"

बात को वहीं खत्म कर वे सैंडलें उतार अपने कमरे में चली गईं। उसके बाद वही सब जो कॉलेज से लौटकर करती थीं—किचिन में एक कप चाय अपने लिए बनाना, कप

लिए-लिए अपने कमरे से बाहर, बाहर से अपना कमरा करते हुए चाय सुड़कना, फिर बाथरूम में घुस जाना, निकलकर वाशबेसिन पर साबुन से हाथ धोना, फिर नहानेवाले बाथरूम में। वहाँ से फिर अपने कमरे में और हल्के कपड़े पहन कमरे से बाहर निकलना...तब तक बाई आ जाती है तो उसको खाना बनाने की हिदायतें देना। इस सबके बीच चेहरे पर कोई-न-कोई भाव होता था। सोनू थोड़ा मुग्ध सा मम्मी को देखा करता—उनका कभी कुछ सोचता हुआ चेहरा, कभी खिंचा हुआ...थोड़ा गुस्सा, कभी हल्का दुखी, कभी एकदम हल्का...गाने का कोई टुकड़ा गुनगुनाते हुए। उसे वे बहुत प्यारी लगतीं। इस दर्म्यान सोनू मम्मी से कुछ भी बातें कर डालता...लेकिन आज मामला बिल्कुल दूसरा था। मम्मी के चेहरे पर कोई भाव नहीं। वे न दुखी थीं, न खुश...न गुस्सा। कुछ सोच रही थीं—ऐसा भी नहीं दिखता था। उन्होंने खुद को चुप्पी में बाँध भी नहीं रखा था। सब कुछ इत्मीनान से कर रही थीं, बाई से बातें भी...वही जो करती थीं। इधर सोनू जो उछलता-कूदता इस समय उनके इर्द-गिर्द डोलता रहता, कुछ भी ऊटपटाँग बातें करते हुए—वही अपनी तरफ खिंचा हुआ था, गुस्सा भी। वह मम्मी से कोई बात नहीं कर सकता था...वह बात तो दूर, कोई मामूली बात, कैसी भी बात नहीं। उसे सिर्फ इन्तजार करना था, जब तक उसे बुलाया नहीं जाता। माने सोनू कोई चीज ही नहीं है !

खाना तैयार हो गया तो मम्मी ने सोनू को आवाज दी—''सोनू...खाना'', वही दो शब्द, हमेशा की तरह ही बोले जाते हुए। मम्मी मेज पर हों—तो पापा के वहाँ बैठने का सवाल ही नहीं उठता। सोनू और वे खा लेते साथ, कभी जब मम्मी बाहर गई होती हैं। मम्मी और उन्हें तो कभी साथ खाते देखा ही नहीं। पापा के लिए किचिन में ही रख दिया जाता है...जब खाना हो, निकालें और खा लें। पापा खाते समय कहीं दिख भी जाएँ तो मम्मी का कौर गले में अटक जाता है। उनके सामने सोनू पापा से कभी यह नहीं पूछ सकता कि आपने खा लिया या नहीं...मुँह पर पापा का जिक्र भी गलती से आ जाए, तो मम्मी तरेरकर देखती हैं, कभी आँखें दिखाते हुए बोल भी देती हैं—''सोनू ! अपने खाने पर ध्यान दो...''

खाते समय एक भी बात नहीं हुई उनसे। सोनू मुँह फुलाए अपनी तरफ खिंचा बैठा रहा, वे अपनी तरफ। वे खिंची हुई बैठी हैं—ऐसा नहीं लग रहा था। उनके भीतर कुछ उबाल था, जैसे सोनू के भीतर—ऐसा भी नहीं दिखता था। वे सिर्फ चुप थीं।

खाने के बाद जब बाई चली गई, मम्मी अपने कमरे में घुस गईं। पापा अपने कमरे में थे। रोशनी कमरे से बाहर आ रही थी, आवाज कोई नहीं, हमेशा की तरह। मम्मी की तरह सोनू को कोई हिदायत नहीं कि वह अपने कमरे में जाए, होमवर्क करे कि क्या करे...जबकि वे अक्सर हिदायतें देती रहती हैं। वह बैठक में रखे टी.वी. को ऑन किए बैठा रहा...बटन दबाते कुछ भी यों ही देखते हुए इन्तजार करता। आखिरकार मम्मी ने अपने कमरे से बाहर आकर आवाज दी—'सोनू, टी.वी. में कुछ खास न देख रहे हो तो चेंज करके मेरे कमरे में आ जाओ।' हो सकता है अगर सोनू अपने कमरे में होता तो वे न बुलातीं।

मम्मी के कमरे में वे आमने-सामने थे। मम्मी अपने पलंग पर तकिया से टिकी हुईं, सोनू सामने जो दो आरामकुर्सियाँ लगी होती थीं, उनमें से एक में। कुर्सियों के सामने बिछी चटाई, किनारे पर लगा लैम्प मद्धिम रोशनी कमरे में फेंकता हुआ...शाम को जब मम्मी का वह बुजुर्ग दोस्त आकर इस कमरे में बैठता था तो ऐसा ही माहौल होता था। हर किसी को तो मम्मी यहाँ बिठातीं भी नहीं...बाहर बैठक में बिठाती हैं।

"होमवर्क कर लिया ?"

"हाँ। अंग्रेजी का ज्यादा था।" सोनू ने वह विषय बताया जिसमें वह तेज था, ताकि मम्मी आश्वस्त हो सकें कि उसने होमवर्क अपने आप कर लिया होगा, वरना कहीं वे होमवर्क कराने न बैठ जाएँ और असली बात रह जाए।

"आप कुछ बात करना चाहती थीं।"

"मैं नहीं, तुम चाहते थे। मुझे बताना तो था तुम्हें यह सब लेकिन मैं सोचती थी पता नहीं अभी तुम समझ सकोगे या नहीं ! कुछ समय और निकल जाने के बाद बताती।"

"क्यों ?"

"मतलब तुम अभी इतने बड़े हुए या नहीं। पर माँ-बाप को अपने बच्चे हमेशा छोटे लगते हैं—यह भी है !"

"क्या समझना है ?"

"जो मैं समझाऊँगी...समझ सकोगे ?"

"क्यों नहीं...मैं बड़ा हो गया हूँ।"

"गुड...तुम्हें यह तो पता ही है कि तुम्हारे पापा और मैं एक-दूसरे को नहीं चाहते...हम अलग तरह के बने हैं, हमारा स्वभाव अलग है। उसकी एक वजह हो सकती है, दस वजहें हो सकती हैं।"

"तो शादी क्यों की थी ?"

"अब...हो गई...जीवन में बहुत चीजें हो जाती हैं ऐसे। मैं बहुत मैच्योर नहीं थी।"

"इतना तो मैं अभी ही समझ गया कि शादी उसी से करते हैं जिसे चाहते हैं।"

"तुम टी.वी., फिल्मों आदि की वजह से यह समझ गए। हमारे समय में इतनी समझ नहीं थी। खैर, मुझे समझ में तब आया जब तुम हो चुके थे। मैं हर तरह से कोशिश करके देख चुकी—मैं तुम्हारे पापा के साथ नहीं रह सकती..."

"सिर्फ आप...क्या पापा भी ?"

"बात एक ही है—दो में से एक का भी मन वैसा हो जाए तो नतीजा तो वही है। हम पहले भी अलग रहने लगे थे पर चूँकि तब तुम्हारी ऐसी उम्र थी जब तुम्हें दोनों की जरूरत थी, इसलिए हम एक घर में रहने लगे...पर यह भी अलग-अलग रहना ही है...तुम देख रहे हो। अब तुम बड़े हो गए हो...और मैं सोचती हूँ कि मुझे भी अपने जीवन के बारे में सोच लेना चाहिए, वरना फिर इतनी देर हो जाएगी कि मेरी जिन्दगी तो गई। मैंने क्या किया अपनी जिन्दगी का...!"

“और पापा ने ?”

“वे जानें, उनकी जिन्दगी। मैंने उन्हें कभी नहीं रोका...लेकिन किसी को यों ही केंचुए-सा पड़े रहना ठीक लगता है तो मैं क्या करूँ।”

उनके चेहरे पर नफरत उग आई थी। पापा इस वक्त मम्मी के चेहरे को देखते...तो ? देखे ही होंगे...कितनी बार। देखते-देखते घबरा गए होंगे, तभी कमरे में घुसे रहते हैं।

“मैं अब तलाक लेना चाहती हूँ...नई जिन्दगी शुरू करना चाहती हूँ, प्रेमनाथ के साथ। उनसे शादी करूँगी।”

सीधे, धड़ाक से कह दिया उन्होंने जो सोनू पर पहाड़-सा गिरा, अगल-बगल सबको कुचलता हुआ—उसका कमरा, पापा का कमरा, यहाँ तक कि मम्मी का कमरा। उसमें रखीं सभी चीजें, उसका कम्प्यूटर...सब तहसनहस,...धूल। मैदान-सा निकल आया जिसमें पत्थर के टुकड़ों से पड़े थे वे—पापा, मम्मी और सोनू। अब ऊपर से अँधेरा गिर रहा था जिसमें ये टुकड़े भी खो गए थे—जैसे एक टुकड़े से दूसरा बहुत दूर था, वहाँ था ही नहीं।

“तुम्हें कैसे लगते हैं प्रेमनाथ अंकल,” सोनू की तरफ से कुछ न पाकर उन्होंने कहा। सोनू कुछ नहीं बोला, क्या बोलता।

“तुमने बताया नहीं।”

“मुझे नहीं मालूम।”

“अभी तुम उन्हें जानते नहीं...कुछ लोग होते हैं जिन्हें ज्यों-ज्यों ज्यादा जानते जाओ, वे और अच्छे लगते चले जाते हैं। तुम जब और बड़े हो जाओगे तो अपनी मम्मी को भी ज्यादा समझोगे।”

....

“प्रेमनाथ अंकल का घर यहीं है। वे शादीशुदा हैं, उनकी पत्नी बहुत कड़वी है।”

जैसे मम्मी पापा के लिए—सोनू के भीतर कुरेद उठी।

“उसके साथ प्रेमनाथ का जीवन नर्क है”—मम्मी ने आगे जोड़ा।

“आप सभी लोगों के यहाँ यही है ?”

मम्मी को चुभा तो होगा पर उसे अनसुना कर वे अपनी री में आगे बढ़ गईं।

“प्रेमनाथ और मेरी हालत एक-सी है पर हम दोनों एक-दूसरे का जीवन अच्छा बना सकते हैं। उनके दो बच्चे हैं। बड़ी लड़की की शादी हो गई...वह अपने घर में है, दूसरा लड़का है—तुमसे थोड़ा बड़ा, वह हॉस्टल में रहेगा। उनकी पत्नी को प्रेमनाथ की तरफ से माहवार मिलेगा...उन्हें कोई तकलीफ नहीं होगी। प्रेमनाथ का घर उन्हें दे दिया जाएगा, वे यहाँ आ जाएँगे...हमारे साथ।”

“पापा ?”

“पापा वहाँ चले जाएँगे जहाँ यहाँ आने से पहले थे या जहाँ भी उनका मन हो। यहाँ सिर्फ प्रेमनाथ अंकल, मैं और तुम रहेंगे। तुम्हें अकेला लगे तो उनके लड़के को

हॉस्टल न भेजकर तुम्हारे साथ रखा जा सकता है—तुम दोनों तुम्हारे कमरे में रह सकते हैं, यहीं हॉस्टल जैसा हो जाएगा, तुम्हें भी एक साथी मिल जाएगा...''

वे सोनू की तरफ, पर उसके पार देखते हुए कुछ और बोले जा रही थीं और सोनू भी उनकी तरफ देखते हुए कुछ सुन नहीं रहा था। घर के नए खाके में उतर रहा था—मम्मी के कमरे में वे और नया आदमी, उसके कमरे में वह और नया लड़का। सब कुछ ठीक-ठीक बिठा लिया है इन दोनों ने जो अपने लिए नई शुरुआत चाहते हैं, लेकिन सोनू को यह सबकुछ उखड़ा, फटाफटा-सा लगता है। वह फिट हो पाएगा इसमें, हालाँकि इन्तजाम उसके लिए अच्छा-अच्छा ही है ? उस लड़के को हॉस्टल भेजने की बात है, सोनू को नहीं।

''मुझे भी हॉस्टल भेजने का क्यों नहीं सोचा आपने ?''

''इसलिए कि मैं तुम्हारे बिना नहीं रह सकती। प्रेमनाथ पुरुष हैं, वे अपने बेटे के बिना रह सकते हैं। मैं नहीं चाहती कि तुम्हें कहीं से भी ऐसा लगे कि तुम्हें बाहर धकेला जा रहा है। तुम्हारे लिए कोई फर्क नहीं पड़ना चाहिए। तुम अपने पुराने माहौल में ही रहोगे। यही घर, वही तुम्हारा कमरा, वही मैं, तुम्हारी माँ ! प्रेमनाथ अपनी तनख्वाह का चाहे जितना अपने बेटे पर खर्च करें, मैं चाहे जितना अपने बेटे पर...हमने अपने बीच यही तय किया है।

......

''हम तीनों जल्दी ही पचमढ़ी चलेंगे दो-तीन दिनों के लिए''...

''तीनों ?''

''तुम, मैं और प्रेमनाथ अंकल।''

''मैं क्यों...''

''तुम उन्हें और अच्छे से जान सकोगे। मुझे विश्वास है तुम्हें वे अच्छे लगने लगेंगे...''

''मम्मी, मुझे अभी मैथ्स की एक एक्सरसाइज करनी है...''

कहकर एकाएक सोनू उठ गया, अपने कमरे में चला आया और कमरा भीतर से बन्द कर पड़ रहा। पढ़नेवाला लैम्प जलने दिया ताकि मम्मी को यही लगे कि वह पढ़ रहा है...

मैथ्स का सवाल नहीं हल होता फिर भी कोशिश किए जाओ...सोनू को लगातार कोशिश करनी होगी कि उसे भद्दे पैरोंवाला आदमी अच्छा लगे, मुस्कुराते हुए जिसका चेहरा सूअर के थूथन की तरह हो जाता है। सोनू के सामने एक तस्वीर खिंच आई—मम्मी और वह आदमी पचमढ़ी में आगे-आगे चले जा रहे हैं, खिलखिलाते, बातें करते, एक-दूसरे में डूबे। तभी मम्मी सोनू को टटोलती हैं...वह पीछे रह गया है। मम्मी उस आदमी के कान में कुछ फुसफुसाती हैं, वह आदमी सोनू की तरफ़ लौटता है, चेहरे पर वही बनावटी मुस्कान, 'हलो बेटे' वाली...उसका चेहरा फिर सूअर की तरह का हो गया है...

फिर दूसरी तस्वीर आती है—होटल के कमरे में वे हैं—मम्मी और वह आदमी। सोनू को बाल्कनी में अकेले देख वह आदमी सोनू के पास आ जाता है, सोनू उसे पसन्द करने की कोशिश करता है। मम्मी ने कहा है कि सोनू को उससे बातें करनी चाहिए, उसके साथ खूब उठना-बैठना चाहिए। बाल्कनी में सोनू उससे बातें करता है...पर उसकी निगाह बार-बार उसके भद्दे पैरों की तरफ चली जाती है...

मम्मी कहती हैं—सबकुछ वही रहेगा—यह घर, उनका कमरा, उसका कमरा...वे, सोनू...लेकिन जाने क्यों लगता है कि इस घर में सबकुछ बदल जाएगा क्योंकि यहाँ वह होगा—नया आदमी ! अभी मम्मी जितने समय घर में होती हैं, सोनू के साथ होती हैं...वे अपने कमरे को बन्द कर अकेली रहें तब भी, पापा भी उन दोनों के बीच कभी नहीं होते...लेकिन तब मम्मी सोनू से दूर होंगी। वे उस आदमी के साथ बराबर रहेंगी जिससे सोनू नफरत करता है। मम्मी कहती हैं कि वह धीरे-धीरे पसन्द करने लगेगा। क्या ऐसा हो सकेगा ?

दिन...हफ्ते...महीना...महीने से ऊपर। उस मामले पर न फिर मम्मी ने बात की, न सोनू ने ही, लेकिन वह आदमी आता था। मम्मी के कमरे में बैठता...काफी देर, पर चला जाता, रात को रुकता नहीं था। एकाध बार आते-जाते सोनू उससे टकराया भी, शायद उसने 'हलो बेटे' वाली घिनौनी मुस्कान सोनू की तरफ फेंकी, सोनू ने देखा नहीं या न देखने जैसा दिखाया, सीधा अपने रास्ते चला गया। ऐसे में उस दिन और बाद के एक दिन उसके और मम्मी के बीच कुछ खिंचा-खिंचा-सा रहता...पर धीरे-धीरे फिर पहले जैसा चलने लगता। मम्मी और सोनू पहले की तरह बातें करने लगते, हालाँकि बहुत महीन-सा कुछ उन्हें अपनी-अपनी तरफ फिर भी खींचे रखता पर लगता कि बस आनेवाले कल फिर पहले जैसा खुलापन आ जाएगा। सोनू सोचने लग जाता है कि क्या मम्मी ने शादीवाली वह बात खत्म कर दी। उन्होंने पचमढ़ी का कार्यक्रम नहीं बनाया था, उस बारे में फिर बात तक नहीं की थी। कभी-कभी तो ऐसा लगने लगता जैसे उस आदमी के एक रात अपने घर सोने जैसी चीज हुई ही न हो...कि तभी वह फिर आ टपकता—ऐसे समय जब रात का खाना-पीना हो चुका होता, मम्मी के कमरे में मम्मी और वह देर रात तक बातें करते रहते। सोनू के कमरे तक कोई आहट भी नहीं पहुँचती थी...पर सोनू सो न पाता...जब तक वह आदमी बाहर न निकल जाता। सोनू कार के स्टार्ट होने, फिर चलने की आवाज सुनता, मम्मी उसे कार तक भेजकर वापस आईं, घर के बाहरी दरवाजे की सिटकनी भीतर से लगा रही हैं...सोनू यह भी ध्यान से सुनता। मम्मी अपने कमरे में घुस जातीं तब सोनू धीरे से अपने कमरे के किवाड़ आधा खोल चुपचाप बैठक में नजर घुमा लेता...कहीं वह आदमी दीवान पर लेटा तो नहीं ?

घर में यों सबकुछ शान्त था लेकिन पीछे हल्का तनाव था...वह जो पहले कभी नहीं रहा था, मम्मी-पापा में झगड़ा होता था, तब भी नहीं। कभी-कभी थोड़ा तनाव मम्मी के माथे पर दिखाई दे जाता...लेकिन इस सबसे बहुत दूर पापा अपने कमरे में रहे आते, अपनी अकेली दुनिया में...पता नहीं क्या करते हुए। क्या वे भी कुछ सोच रहे होंगे, सोनू

की तरह...लगता नहीं था। जैसे वे इन्तजार में थे कि थपेड़ें किस तरह की, किधर से आती हैं और किधर ले जाने के लिए। वे ऐसे ही हैं, अपनी तरफ से कुछ भी नहीं करते, अपने लिए तो बिल्कुल नहीं। उनका कोई साथी नहीं। वे कम्प्यूटर क्यों नहीं रख लेते...सोनू कहेगा उन्हें...पर पापा को तो किसी भी दिन यहाँ से चले जाने को कह देंगी मम्मी। क्या पता यही सोचकर पापा ने कम्प्यूटर न रखा हो। वे सोनू से भी दूर-दूर रहते हैं...पर हैं अपने कमरे में—सोनू को यह हमेशा महसूस होता रहता है। जब वे न होंगे...खाली कमरा, सोनू उधर से गुजरते हुए ठिठक जाया करेगा, क्या झाँकेगा भीतर ? क्या पता मम्मी उस कमरे को स्टोर रूम बना दें। पापा कहाँ जाएँगे...क्या करेंगे...फैक्टरी तो नहीं छोड़ेंगे, पर क्या रात भी फैक्टरी में काटा करेंगे ?

सोनू को अक्सर लगता है जैसे पापा अपने कमरे के घुप्प अँधेरे में दोनों हाथों से कुछ टटोलते हुए इधर-से-उधर हो रहे हैं। उसे अक्सर भ्रम होता है कि वह बाहर से पापा के कमरे में झाँक रहा है और पापा को भीतर एक छाया की तरह इधर-से-उधर डोलते देख रहा है...

उस रोज इतवार था। मम्मी का कमरा आधा खुला था। वे दोपहर को नींद के बाद उठी थीं। उनकी बड़ी-बड़ी आँखें हल्की सुर्ख थीं, लम्बा गोरा चेहरा शान्त। वे अपने कमरे में बैठी खिड़की के बाहर देख रही थीं, जैसे देख नहीं आलस्य में धीमे-धीमे रेंग रही हों। चेहरे पर दबी-दबी मिठास। वे सुन्दर लग रही थीं। सोनू का मन हुआ वे ऐसी ही रहें—इसी कमरे में, इसी तरह बैठी हुई, खिड़की के बाहर इसी तरह इत्मीनान से देखते हुए—जहाँ सोनू उनके पास जब चाहे पहुँच सकता है...यूँ...

और वह मम्मी के कमरे में खुलक गया। जाकर सामने बैठ गया...मुग्ध उन्हें देखे जा रहा था कि मम्मी की नजरें उसकी तरफ मुड़ीं—

"क्या देख रहे हो, सोनू ?"

"आपको। आप इस तरह अपने कमरे में बैठी बहुत अच्छी लगती हैं।"

"तुम्हारा मतलब यों ही बैठी रहूँ, कॉलेज भी न जाऊँ ?"

"मम्मी, आप मुझे बहुत चाहती हैं ?"

"बहुत।"

"तो मेरे पास ही रहिए।"

"रहती तो हूँ।"

"नहीं, आगे भी..."

"रहूँगी ही।"

'मम्मी, क्या यह नहीं हो सकता कि हम ऐसे ही रहें ?"

"कैसे ?"

"ऐसे जैसे हैं।"

"ऐसे ही रहेंगे।"

"तो क्या आपने शादीवाली बात दिमाग से निकाल दी ?" सोनू के स्वर में थोड़ी

चहक थी।

''ओह...अरे, उससे क्या फर्क पड़ता है।'' मम्मी खुद को सँभालने लगीं।

''नहीं, मेरा मतलब जब आप मुझे इतना चाहती हैं तो किसी बाहरी आदमी की क्या जरूरत।''

''ये दो अलग-अलग चीजें हैं बेटे।''

''फिर आप मुझसे दूर रहेंगी।''

''हट ! तुम्हें ऐसा लगता है क्योंकि तुम मुझे बहुत चाहते हो, किसी और के पास मुझे देखने के आदी नहीं हो। कुछ समय में आदी हो जाओगे...तब देखोगे कि मेरा प्यार तुम्हारे लिए उतना ही है, बल्कि और बढ़ा है।''

''मम्मी, अगर तुम मुझे इतना चाहती हो तो क्या मेरी खातिर ऐसे ही नहीं रह सकतीं ?''

''कैसे यार ?''

''जैसे अभी हम हैं...आप, मैं और पापा।''

मम्मी का फैला चेहरा एकाएक खिंच आया, आवाज भी—

''तुम नहीं चाहते कि मैं भी थोड़ा अपनी जिन्दगी जी लूँ।''

''जी तो रही हैं...सबकुछ तो है हमारे पास...क्या कमी है।''

''तुम अभी नहीं समझोगे। कुछ दिनों बाद तुम्हें बताना चाहती थी। जैसे होती है माँ की जिन्दगी और एक स्त्री की जिन्दगी भी। माँ की मेरी भरपूर है...तुम हो। इसलिए मैंने आगे कभी बच्चा नहीं चाहा, न चाहूँगी। स्त्री की जिन्दगी को प्रेमनाथ के साथ जी सकूँगी।''

''आपको दोनों चाहिए ?''

''हाँ !''

''और अगर दो में से एक चुनना पड़े तो ?''

''क्यों, मुझे दोनों मिल सकती हैं तो मैं क्यों चुनने का चक्कर लूँ। मैंने माँ वाली चुनी ही थी, रखी भी अब तक। रखती भी अगर प्रेमनाथ मेरे जीवन में न आते। तुम बड़े हो गए हो...एक आदमी है जो मैं सोचती हूँ मेरे लायक है, तो क्यों नहीं...दोनों चीजें हासिल करूँ। मैं तुम्हारे पापा के साथ अब और नहीं रह सकती। हम बेमेल हैं।'' वे थोड़ा तीखी पड़ गई थीं।

गोरे चेहरे पर हल्की कालिख उतर आई थी। सोनू ने देखा मम्मी का चेहरा अब सुन्दर नहीं रहा था। सोनू के उठने के पहले वे ही उठ गईं और किचिन में अपने लिए चाय बनाने लगीं। सोचती होंगी कि सोनू उनके पीछे-पीछे किचिन में आएगा। वह नहीं गया।

सोनू क्या करे...किससे पूछे। हर चीज ही तो वह मम्मी से पूछता है। पापा से पूछने की न जरूरत रही, न आदत पड़ी। मम्मी के बिना उसका बिल्कुल नहीं चलता...चलेगा भी नहीं। अगर मम्मी को लेकर ही कुछ पूछना हो तो किससे पूछे वह ?

इसमें शक नहीं कि वह मम्मी को पापा से ज्यादा चाहता है। अगर मम्मी पापा को निकालकर अकेली रहने का तय करती हैं तो सोनू को सोचने की जरूरत ही नहीं, वह बिल्कुल मम्मी के साथ रहेगा, पाप की याद तक उसे नहीं आएगी...लेकिन इस नए आदमी के साथ ? ये जो सारे इन्तजाम किए जा रहे हैं...इनमें कितने रहेंगे, कितने नहीं। उस आदमी के लड़के ने हॉस्टल में रहने से इनकार किया या उसका हॉस्टल में मन न लगा...तो ? वह सोनू के साथ यहाँ रहने को आएगा...घर में भीड़ हो जाएगी, उसके साथ सोनू की पढ़ाई हो पाएगी क्या, सोनू के नम्बर कम आएँगे...तब मम्मी के अलावा उसे इस नए आदमी की भी झिड़क सुननी पड़ेगी...या उस लड़के की जगह सोनू को ही हॉस्टल भेज दिया जाएगा, यह घर उस आदमी और उसके लड़के का हो जाएगा। हॉस्टल में रहते हुए मम्मी ने इस आदमी के कहने पर रुपए भेजना बन्द कर दिया तो...

मम्मी ऐसा कभी नहीं कर सकतीं, वे सोनू को बहुत चाहती हैं, वे उस आदमी को निकाल देंगी लेकिन सोनू को रुपए भेजना बन्द नहीं करेंगी...तो फिर मम्मी अभी क्यों नहीं उस आदमी को निकाल देतीं ? शादी के बाद क्या मम्मी का जोर उस आदमी पर भी उतना चलेगा जितना पापा पर चलता है, यह आदमी ही सबकुछ बन बैठा तो...उसने मम्मी का सबकुछ हड़प लिया तो...?

मम्मी सोनू को सबकुछ दे सकती हैं, पापा नहीं दे सकते। वे सोनू को जितना चाहतीं हैं, उतना पापा नहीं...लेकिन मम्मी के पास सोनू के अलावा बहुत कुछ आनेवाला है—वह आदमी, उसका लड़का। वे क्या वही रहेंगी...?

इन दिनों सोनू अक्सर अपने को आधा जागने, आधा सोने की स्थिति में पाता है। तब सामने धुन्ध-ही-धुन्ध फैली दिखाई देती है, जाड़े के दिनों की धुन्ध, कोहरे की...जिसमें एक दिन उसने मम्मी को लिपटे देखा था...सपने में। देखा कि सामने, चारों तरफ धुन्ध-ही-धुन्ध है। कुछ दिखाई नहीं देता। फिर एक वीरान सड़क उभरी। उसमें चली जा रही थी—एक छाया—मम्मी, अपनी धुन में। सड़क के दोनों तरफ से कुत्ते उन पर भूँक रहे थे, मम्मी उनसे बेखबर चली जा रही थीं, सोयी सी...कि तभी इधर से एक बड़ा कुत्ता, उधर से एक पिल्ला मम्मी पर झपटे। बड़े कुत्ते ने मम्मी का हाथ मुँह में भर लिया, पिल्ले ने उनकी साड़ी का नीचे लटकता पल्लू। मम्मी डरने या घबराने की बजाय हँसने लगीं...हँसते-हँसते सामने चली जा रही थीं। कुछ कदमों पर कुत्ता बढ़ते-बढ़ते मम्मी के कन्धे तक पहुँच गया, वह आदमी बन गया...उसने अपनी एक बाँह मम्मी की गर्दन के पीछे से दूसरे कन्धे तक फैला दी। दोनों साथ-साथ आगे बढ़ने लगे। इस बीच पिल्ला लड़के में तब्दील हो गया था, वह मम्मी की साड़ी पकड़े पीछे-पीछे चला जा रहा था...

कुछ दूर जाने पर उनकी आकृतियाँ फैलने लगीं, फैलते-फैलते वे भी धुन्ध बन गईं। फिर वहाँ न मम्मी थीं, न आदमी, न लड़का, न कुत्ता, न पिल्ला...सिर्फ धुन्ध थी...

मम्मी आँख मूँदे आगे बढ़ी चली जा रही हैं। वे एक धुन में हैं कि वे कुछ हासिल

करने जा रही हैं...पर उनकी जो हिस्सा-बाँटी चल रही है, वह उन्हें दिखाई नहीं देती—वह प्रेमनाथ, वह उनका लड़का, यह सोनू ! उन्हें लगता है कि उन्होंने कभी अपना खयाल नहीं किया, अब उन्हें सबसे पहले अपना खयाल करना चाहिए। मम्मी को कौन समझाए। सोनू बड़ा नहीं है, बड़ा कौन है...

"मम्मी !" सोनू के भीतर से कोई चीखता है—"मम्मी, तुम लौट आओ...सोनू के पास, वापस इसी घर में...मम्मी !"

चीख मम्मी तक नहीं पहुँचती। वे बहुत अच्छी हैं, पापा कुछ नहीं हैं उनके सामने पर मम्मी बँट रही हैं, पापा बँट तो नहीं रहे, कम-से-कम...

कोई अच्छा लगे...इसके लिए अगर कोशिश ही करनी है, तो उस आदमी के लिए क्यों, पापा के लिए क्यों नहीं ? सोनू ने पापा को पसन्द करने की पहले कभी कोशिश क्यों नहीं की ? यह मानकर चला कि वे इस कमरे में पड़े ही रहेंगे, हमेशा...इसी तरह। मम्मी की तरह वह भी उन्हें आते-जाते झिड़कता हुआ इधर-से-उधर निकल गया, कभी ठिठककर यह नहीं सोचा कि वह आदमी उस कमरे में अकेले अपना समय काटता कैसे है, वह किसके लिए यहाँ पड़ा हुआ है...

मम्मी उस विषय पर अपनी तरफ से कोई बात नहीं करतीं, जैसे अपने लिए समय ले रही हों—लम्बा समय, जब कि सोनू लगातार कुलमुलाता रहता है, जैसे कि जब तक इस मसले से मुक्ति नहीं पा लेता, वह पढ़ने में भी ध्यान नहीं लगा पाएगा। मम्मी सोचती होंगी कि सोनू की जिन्दगी तो उसके लिए खुली पड़ी है जिस पर कोई फर्क नहीं आनेवाला...इसलिए वे सोनू को सिर्फ उतना बताती हैं जितना जरूरी है, बातें भी उतनी जितनी सोनू करे। सोनू या कि किसी की खातिर वे अपने जीवन में कोई बदलाव लाने से रहीं। वह आदमी अब भी आता-जाता है, पहले की तरह। भविष्य में क्या और कब करना है—इसके लिए मम्मी या फिर उन दोनों की योजनाएँ होंगी जिन्हें कोई सोनू की खातिर बदलेगा नहीं। क्या सोनू इन्तजार करता रहे...देखे कि मम्मी क्या करती हैं आखिर। वह पापा की तरह नहीं कि पड़ा रहे, हवा के झोंके ने उधर फेंक दिया तो उधर, फिर इधर कर दिया तो इधर। सोनू मम्मी की तरह है—आगे बढ़कर अपने लिए फैसला कर लेना, बनिस्पत इसके कि किसी बात को अनियत समय के लिए भीतर पड़ा रहने, सड़ने देना। एक रोज उसने मम्मी को उनके अनुकूल समय और उनके ही कमरे में बिठा लिया—

"आपसे एक बात कहना चाहता हूँ।"

'एक नहीं, दो कहो।"

"नहीं, एक ही...लेकिन साफ-साफ।"

"हाँ बोलो, बिल्कुल बोलो, साफ अपने मन की बात बोलो। मैंने तुम्हें हमेशा यही सिखाया भी है।"

"हाँ, आपने प्रेमनाथ अंकल के बारे में आखिर क्या सोचा ?"

"और क्या सोचना, बता तो दिया था तुम्हें। क्या मैं यही सोचती बैठी रहती हूँ ?"

‘‘आगे कुछ...उसमें कोई बदलाव ?’’

‘‘कुछ नहीं। सोनू बेटे ! ये सब मेरे मामले हैं। जैसा तुम्हें बताया था—तुम, तुम्हारा कमरा, तुम्हारी पढ़ाई...ये सब वैसे ही चलते रहना है। देख रही हूँ कि तुम बेवजह परेशान हो। ये जो चिन्ताएँ हैं मेरी हैं, तुम्हारी नहीं होनी चाहिए।’’

‘‘आपका यह घर, आप जैसा चाहती हैं बना लेंगी। आपके पास अंकल होंगे, मैं हूँगा, ये घर होगा और शायद अंकल का लड़का भी। पापा के पास क्या होगा ?’’

‘‘वह उनकी समस्या है, वे जानें। मुझे या तुम्हें क्या मतलब ?’’

‘‘मम्मी ! आपको तो हर चीज मिल जाएगी, एक बेटे की जगह दो बेटे...लेकिन पापा...? वे अपने लिए न कुछ बना सकते हैं, न आगे बढ़कर कोई चीज अपने लिए खींच सकते हैं। मेरे सिवाय उनके साथ रहने को कोई नहीं है। मुझे कहीं भी रहकर पढ़ना ही है—हॉस्टल या घर। आप कहें तो उस हालत में जब आप अपना नया घर बनाती हैं, मैं पापा के साथ रहूँ, उनका मन लगा रहेगा...’’

मम्मी का चेहरा सफेद पड़ गया। वे...इतनी पढ़ी-लिखी, होशियार, सोनू को इतना चाहनेवाली कभी यह न सोच सकी थीं, कल्पना भी न कर सकती थीं कि ऐसी बात सोनू जैसे एक बच्चे के मन में उठ सकती है।

(अप्रैल 2002)

●●●